八十后杂弹之二

江曾培◎著

种和跳蚤
龙

上海故事会文化传媒有限公司
上海文化出版社

目录

亿元巨贪何其多

第1部分

马克思、恩格斯在总结巴黎公社经验时，提出一切公职人员必须『在公众监督之下进行工作』，必须接受人民民主监督。纪检监督与民主监督进一步结合，将会有力地遏止贪腐的发展……

一

"贪官一条街""腐败子女村"
敲起丧钟

亚太经合组织(APEC)第26届部长级会议通过了《北京反腐败宣言》,成立APEC反腐执法合作网络,旨在推动亚太各国加大追逃追赃等合作,携手打击跨国(境)腐败行为。2014年11月11日下午,亚太经合组织(APEC)第二十二次领导人非正式会议落下帷幕,中国国家主席习近平当天下午出席记者会时,强调了本届APEC会议在反腐方面获得的成果。

腐败是一种全球性"病毒",成为阻碍经济发展的顽疾,但长期以来,由于各国法律和司法制度迥异,各国的反腐难以有效应对贪官外逃,跨境追逃追赃成为很多国家共同面临的难题。APEC从十几年前就对反腐问题有所涉及,2005年成立APEC反腐败工作组。今年,中国担任APEC轮值主席国,在中国的主导下,更有了实质性进展。8月13日至15日,APEC反腐败系列会议在北京召开,通过了《亚太经合组织反腐败执法合作网络(ACT-NET)职权范围》等文件。这样,就在亚太地区构建了国际反腐执法合作网络,携手打击跨国(境)腐败行为。

腐败分子携巨款出逃,不仅导致大量资产外流,更严重损害了法纪权威和国家形象。根据联合国禁毒署与世界银行的保守估计,全球发展中国家每年有200亿至400亿美元被非法转移,但在过去15年里全球被追回的资产仅为50亿美元。近年来,我国在深入反腐败斗争中,不断加大国外追逃力度,绝不让腐败分子逍遥法外。2014年7月起,公安部部署了代号为"猎狐2014"的行动,行动开展100天,已从40余个国家和地区缉捕劝返在逃经济犯罪嫌疑人180余名,但我国仍有大量外逃贪官在境外逍遥。央行的一项课题报告称,从20世纪90年代中期以来,我国各级干部、国企高管及驻外中资机构外逃、失踪人员数目高达1万多人,携带款项达8000亿元人民币。一些国家甚至形成了具有中国特色的"贪官一条街"和"腐败子女村"。

为了加强海外反腐合作,我国已与38个国家签署了引渡条约,与51个国家签订了刑事司法协助类条约,与93个国家签署了检务合作协议或谅解备忘录,与189个国家建立了警务合作关系,初步构建了追逃追赃的国际合作网络。国际追逃主要依赖引渡,而中国目前缔结双边引渡条约的38个国家大部分是发展中国家,许多贪官都跑到加、美、澳等发达国家,将其视为避罪天堂。此次签署APEC北京反腐败宣言的国家中,美国、加拿大、澳大利亚都在列,彰显了各经济体成员国一致打击腐败和国际犯罪的态度和决心。这也是国际社会对中国反腐工作的支持,即使一时尚未缔结引渡协议,也可采取引渡替代措施将逃犯遣返回中国。

有评论说,《北京反腐败宣言》是APEC成员携手铲除亚太地区"腐败避风港"的标志性事件,表明破除政治和意识形态分歧,共同打击腐败,已成为国际共识。尽管携手打击跨国(境)腐败,在执行中还有许多问题需要磋商,但追逃追赃的反腐大网已经织成,那些在美、加等国出现的严重败坏我国形象的"贪官一条街"和"腐败子女村"的丧钟,也已敲响。

2014.11.12

二

"5000多万画两只鸟"
与"天价宣传片"

据报道，广西凤山县原县委书记、河池市副市长黄德意，擅自动用国家防治地质灾害资金5350万元，在出入县城的山壁上雕刻"凤凰壁画"，花费相当于县财政年收入的一半还多，而壁画项目的实际造价仅200多万元。黄德意在该工程项目中收受了巨额贿赂。

"花5000多万画了两只鸟"，这样成本畸高的形象工程，坊间对内中的"猫腻"早有议论，可是，黄书记制造的这"两只鸟"，几年来却安然地在山壁上傲视全县人民，仿佛表明奈何它不得。有评论说，这显示了一种张扬的贪腐。

这种张扬的贪腐并非个案。"老虎"刘志军主政时的原铁道部曾经制作了一部名叫《中国铁路》的宣传片，片长仅5分钟，制作费竟高达1850万元，被称为"天价宣传片"。有专业人士认为，就此片的制作水平来说，55万多元就可拿下。55万多元膨胀成1850万元，虚涨了30多倍，较凤山县"两只鸟"造价虚涨20多倍还高出一头。这样的"天价宣传片"也是用来广而告之张扬"形象"的，尽管内中的"猫腻"也是昭然若揭，但与"两只鸟"一样，它并不遮遮掩掩，而是无所顾忌地在让人看。

贪腐是丑事，是罪行，一般说来，都是偷偷摸摸干的。寄生在"两只鸟"和"天价宣传片"中的贪腐为什么会那么毫无顾忌地张扬呢？这反映出那里的政治生态腐烂了，异化了。主政者拥有绝对的权力，"一人说了算"，各种监督制约失灵，拉帮结伙，狼狈为奸，结成利益集团，钳制、压制社会舆论，使正义无法伸张。在这样的环境中，贪腐分子认为自己的贪腐行为出不了事，就不会小心翼翼地进行掩藏，而是任意处之，自觉或不自觉地作了张扬。这表明在这样的地区和单位，已经无法利用自身的力量清除贪腐毒瘤，需要强大的外力来推动。

凤山县"山壁凤凰"和原铁道部"天价宣传片"案发，都源于外力的介入，前者为中央纪委巡视组的巡视，后者是国家审计署的审计。情况表明，这些地方在主要官员贪腐影响下，贪腐成风，众多官员涉案，整体环境发生病变，其权力生态已经丧失了内部制约、自我净化的能力，只有在外力强烈干预下，才得以将这些张扬的贪腐狠狠地打下去。这里，我们在赞扬中央部门有力而有效监督的同时，也要呼吁各级监督检查机构加强自己的工作。凤山县"两只鸟"的问题，早有群众反映，当地有关部门为什么长期无所作为，非要等中央巡视组到来才把盖子揭开呢？深入反腐败，需要各地各级机构各司其职，加强监督检查，在坚决查处一切隐蔽贪腐的同时，更要坚决铲除一切张扬的贪腐，并由此整顿这些地方的政治生态，让权力受到应有的制约，不再出现"5000多万画两只鸟"与"1850万的天价宣传片"这样张扬的贪腐。

2015.5.18

三

亿元巨贪何其多

2014年末，广州白云家工商联合公司原总经理张新华，因贪腐涉案金额近4亿元，一审被判死刑。有媒体披露，据不完全统计，在已经公开的司法判决中，近年有49名贪官贪腐超过亿元。秦皇岛市北戴河供水总公司原总经理马超群，其家中被搜出1.2亿元现金、37公斤黄金、68套房产证件。国家发改委煤炭司原副司长魏鹏远家藏现金两亿余元，被查点时，当场烧坏4台点钞机。而"大老虎"徐才厚被查出的16亿元，用十几辆军用卡车才拉完……

应当说，十八大以前，就有亿元贪官被查处，其中包括杭州市原副市长许迈永和苏州市原副市长姜人杰。不过，近年来暴露的亿元以上的巨贪越来越多，这一方面表明反腐斗争日益深入，让这些巨贪无法再隐藏下去；另一方面，也表示贪腐分子欲壑难填，在贪腐上也与日俱增，不再以万、十万、百万、千万为满足，而是多多益善，显示出和珅式的贪婪。

这些亿万贪官，有高官，也有小吏，从副国级、省部级到司局级、处科级，各个台阶的人物都有。对贪婪者来说，不论官位高低，都会充分利用手中的权力谋私，力求利益最大化。就贪污的钱财来说，高官可以是"大老虎"，小吏也可以成为"大老虎"，条件是他们所在的岗位能榨出油水。在"小官巨腐"案件中，那些所谓的"小官"，往往掌握着特殊资源，比如供水、国土、教育等；或控制着垄断行业，比如银行、车管、医保、电、气等。有的是一把手或某个方面的主管，在所辖领域说一不二，"具有绝对的权力"。中国银行广东开平支行原行长余振东，官不大，竟贪污挪用巨额公款约合人民币40亿元，是其中一例。这表明防治巨贪，要加强对那些拥有特殊资源的部门和拥有绝对权力的人的管治。

贪腐起于贪婪，贪婪是贪腐分子"心中的老虎"，其特点不是一般的私心杂念，而是无底的贪欲。他们对钱财的追求，不是出于温饱的需要，也不是出于想活得好一点的需要，他们像和珅一样，完全成了财迷财奴，以拥有金钱财宝为最大的快乐，哪怕过多的钱财给他们带来累和麻烦，也心甘如饴。"亿元贪官"马俊飞在担任呼和浩特铁路局副局长的22个月时间里，几乎平均每两天就要受贿一次，每天近20万元，每小时受贿近万元。这么多源源不断的赃款，使藏钱成为最头痛的事情，但是，对他来说，"痛并快乐着"，没有赃款进账，也就没有了快乐。因此，对心中藏着贪婪"老虎"的贪官来说，尽管也需要施以必要的廉洁教育，要其"自律"，但是要他们断绝"不想贪"的念头，是不大可能的，重要的还是要有严格的制度和法律的约束，进行"他律"，使他们"不敢贪""不能贪"。邓小平同志早就指出：还是制度靠得住，法治靠得住。

亿元贪官并不是一天形成的，巨额赃款是逐渐积累起来的，多则二三十年，少则也有几个春秋，在这个过程中，不管他们怎样伪装，贪腐的尾巴也不可能完全掩盖住。俗话说，"若要人不知，除非己莫为"，对这些巨贪的为非作歹，民众或多或少都有所反映。对广州市原副市长曹鉴燎的贪腐问题，质疑和举报就早已有之。在案发前十多年的时间里，他在国内、海外购置房产，将妻儿移居香港，自己编造假身份获得香港永久居留权。然而，他却边腐边升,从沙河镇党委书记一直升到广州市副市长,成为一只"硕鼠"。这里,暴露了纪检监督工作的严重缺失。马克思、恩格斯在总结巴黎公社经验时,提出一切公职人员必须"在公众监督之下进行工作",必须接受人民民主监督。纪检监督与民主监督进一步结合,将会有力地遏止贪腐的发展,特别是亿元"老虎"的为患。

2015.1.7

四

红皮黑心的"红顶中介"

近年来，在深化改革中，减少了大量行政审批事项，但是，不少企业并没有感受到更多的宽松和方便。这是因为，一些政府部门通过成立公司、协会等"红顶中介"，继续把持审批权。广西一家房地产企业负责人陈林说，人防工程施工图项目，尽管内容简单，但也必须到人防部门指定的中介机构去审，价格比市场行情高出两三倍。这些"红顶中介"靠垄断获得巨大利益。2014年6月的审计署报告显示，至2013年年底，13个中央部门主管的35个社会组织和61个所属事业单位利用所在部门影响，采取违规收费、未经批准开展评比达标、有偿提供信息等方式取得收入共计29.75亿元。

"红顶中介"或是政府下属，"两块牌子、一套班子"；或是由政府部门指定，享有垄断特权。总之，是把该交给市场和社会的权力仍紧紧抓住不放，甚至作为个人逐利的手段，滋生着腐败。在原铁道部窝案中，丁书苗等人通过收取30余亿元"中介费"，帮助23家企业在57个铁路建设工程项目中中标，其中丁书苗违法所得数额共计折合人民币20余亿元。

有人说："有审批权的部门几乎都有'红顶中介'的存在。"而所谓"红顶中介"，虽然顶子是"红"的，但内心却是"黑"的。它是运用行政权力，变着花样在继续维护"审批利益"，扼杀了市场的活力，削弱了改革成效，增加了企业的负担，引发了民众的不满。在国务院的一次常务会议上，国务院总理李克强强调指出，要严防以"红顶中介"替代行政收费的现象。现在看来，需要进一步提高认识、有效加强措施，方能落实这一要求。

这其中有一点，是要充分认识革命和改革的复杂性、艰巨性。革命不像涅瓦大街那样笔直平坦，改革也是一场革命，也会有曲折反复。从历史的走向看，总是革命战胜反动，进步代替落后，也就是说，总是"红"战胜"黑"。但是，"黑"并不会一下子消失，而总是不断变换形态和手法，以适应形势的变化，继续生存发展。在革命进步力量占优势的情况下，"黑"的东西往往会戴上一顶"红"帽子，或披上一件"红"的外衣，极力把自己打扮成"红"样，以便浑水摸鱼，利用"红"来保护"黑"、扩大"黑"。在行政审批制度改革发展中应运而生的中介机构，本应当市场化，让权力走开，而"红顶中介"却是"戴市场的帽子、拿政府的鞭子、收企业的票子"，蚕食着简政放权的改革红利，并滋生着以权谋私的腐败。这样的"红顶中介"，实则是"红皮黑心"，是中介的异化。它提示审批制度的改革，并不是简单下放一些审批权即可，内中还有很多事要做，防止和整治红皮黑心的"红顶中介"，就是重要的一环。只有真正实现中介机构的完全市场化，行政审批制度的改革方能真正落地开花结果。

2015.1.25

五

私人会所中的官员腐败

严禁在历史建筑、公园等公共资源中设立私人会所，可谓三令五申，然而，有些人视其为耳边风，仍然我行我素。近日，在"天子脚下"，故宫附近的两座被列为北京市重点文物保护单位的寺庙里，也爆出设有私人会所，设备豪华，还有烧香、听戏、"坐龙椅"等私人化高档消费场所。

据悉，周围居民对其早有反映，媒体也曾作过报道，但是，有关管理部门互相推诿，或说"不归我管"，或称"与我无关"，以致这个违法私人会所能够"任你风吹雨打，我自岿然不动"。针对这一情况，舆论呼唤要加强监管，督促有关管理部门切实负起责任，再不可玩忽职守，特别是要查一查内中有没有保护它"岿然不动"的保护伞。

这一呼吁应当变为监管部门的行动，再不要把问题只是停留在曝光阶段了。不过，我想补充的是，同时还应查一查哪些人经常出入这样的私人会所。俗话说，消费者是商家的上帝，同样，一次消费总是几千几万的贵宾也是这些私人会所的上帝。没有这些"上帝"，私人会所也就不会存在了。而且，这些贵宾之所以热衷私人会所，主要不是来吃喝玩乐，而是看中它的隐蔽性与私密性，拉关系，讲生意，甚至搞权钱交易、权色交易。因此，私人会所固然有不少腰缠万贯的商人，但也少不了有权的官员。不少私人会所规定加入会所的门槛，除了要有钱外，还要有权。权重的人不出钱也可以，有人会为他付的。这就使私人会所，都少不了官员的影子。广州市原市委书记万庆良经常出入私人会所，在被组织调查的前几天，他还到会所里面去大吃大喝。安徽的韩先聪，自2013年1月任省政协副主席以来，多次在私人会所接受党政干部、国企老总、私企老板的宴请。在中央纪委对他宣布立案调查决定的当天，他的手机信息显示，当天他有两场饭局，中午晚上各一次。

这表明，在会所腐败中，涉足的官员是重要角色。整治这些私人会所，在对经营者和管理者进行查处的同时，需要认真查一查哪些官员涉足其间，哪些官员在酒足饭饱以后还坐了"龙椅"，哪些官员边吃边喝还要边"听戏"，哪些官员做了权钱交易。这些是反腐败的重要线索，而且查清它也并不难。因为私人会所实行会员制，都是有花名册的，不上花名册的平民百姓是进不了的。故宫附近的这一"寺庙里的会所"，门口不就高悬"不对外开放"的牌子吗？中央在党的群众路线教育实践活动中，一再要求把整治"会所中的歪风"作为教育实践活动反"四风"重要内容，如今"天子脚下"仍在刮"会所歪风"，可以想象在"天高皇帝远"的地方，"会所歪风"当更严重存在，需要从反腐败反"四风"和加强监督管理两方面加强整治。

2014.12.14

六

买官卖官是最大的吏治腐败

中央巡视工作领导小组办公室副主任张本平近日称,巡视组在巡视当中发现一些地方买官卖官、带病提拔的问题时有发生。

如果说,吏治腐败是最大的腐败,那么最大的吏治腐败就是买官卖官。买官卖官,是以钱买权和以权卖钱的赤裸裸的权力与利益的交换关系。无论买者还是卖者都是国贼禄蠹。卖官鬻爵从来都是危及执政根基的毒瘤,也是社会稳固与否的温度计。在追求法治的现代社会,更不应容许这类败坏官场风气、祸害社会民生的丑陋现象存在。近些年来,党和国家不断加大对买官卖官的查处,对涉案人员高达105个的茂名窝案,采取了"一个都不放过"的态度,表达了坚决铲除这一政治癌症的决心。

然而,树欲静风不止。买官卖官现象仍然存在,按照张本平的话说,有的地方仍存在严重的买官卖官问题,有的涉案资金达数千万元。而且,一些买官卖官的潜规则在反复操作中逐渐"配套成龙"。按一位反腐专家归纳,买官者主要用这三种方式:一是放长线钓大鱼,隔一段时间会向领导进行表示,不达目的不罢休;二是雪中送炭,当领导干部家遭遇病灾,领导子女出国等,买官者便会慷慨解囊;三是猛烈攻击,短时期投入巨资进行买官。卖官者也有三种方式:一是暗示卖官,即在干部调整之前先放风,或者干部调整之后不任命,许多急于提拔的人赶忙送礼;二是半推半就,嘴上说不要,但实际却接受;三是直接索取,即明码标价,某个官职多少钱,钱不到位就不予提拔。如此潜规则盛行,就形成了"不跑不送,原地不动;又跑又送,提拔调动"的官场腐败,干部任用上出现了"劣币驱逐良币"的逆淘汰现象,严重败坏了我国的执政之基。

卖官鬻爵现象是古已有之。曹操的父亲曹嵩,当时已继袭了曹腾"费亭侯"的封号,为了"侯升公",还用两吨半黄金买了个太尉当。到了清朝,官职已成为一种商品。"卖官鬻爵"称为"捐纳",为清政府公开推行的用钱买官制度。清末吴趼人在《俏皮话》中说:"某大人以捐纳致通显。初捐佐杂,既而渐次捐升至道员,俄而得记名,俄而补缺,俄而升官,俄而捐花翎,俄而加头品顶戴,历任至封疆,无非借孔方之力为之。"不过,当时是朝廷卖官,卖官所得的"孔方兄"也归朝廷,归国库,卖官鬻爵可以说是国家行为。推翻了封建王朝,这样的"捐纳"也就消亡了。如今的卖官买官纯属官员的个人行为,是个人之间的私相授受,是以公权谋私利,是对国家法纪的严重挑战和破坏。在一定意义上,当今买官卖官者,比起当年皇家卖官鬻爵更加鄙恶。社会主义现代法制国家是容不得任何卖官买官现象存在的。

鉴于当前对贪官的惩处,往往以贪污钱款多少定罪,实际上,进行买官卖官交易,除经济问题外,更在政治思想方面起着极坏的作用。为了更有力打击买官卖官行为,严惩这一吏治腐败中的最大腐败,我以为,在惩治贪腐的法律中,是否可以设立"买官""卖官"条文,对买官卖官行为的惩处罪加一等,以区别于一般的"以钱定罪"。

2014.11.18

七

重拳打击"圈子腐败"

随着反腐败斗争的深入开展,揭发出越来越多串案窝案,暴露出"圈子腐败"的严重。这种"圈子"里的人,虽然也有同乡同学,但也不限于故旧,往往也是来自五湖四海,也有一个共同的目标,但不是为了革命,而是为了追权逐利,追腐逐臭。他们是一伙蝇营狗苟之徒,互相利用,狼狈为奸。串案窝案较之单独作案的危害性更大,往往能造成"塌方式系统性腐败"。

近年来,揭露的最大的"圈子腐败",是周永康编织起来的,他在石油系统、四川系统和政法系统搞了3个"腐败圈子",疯狂作恶。铁道部原部长刘志军、国家能源局原局长刘铁男等"大老虎",也都有以权力为核心所形成的"腐败圈子"。此外,以广东茂名市原市委书记罗荫国为首的窝案,网罗了200多个腐败官员,其中省管干部就有24人。而山西省的"腐败圈子"里,已经揭露出的成员就有省部级官员7人,厅局级官员15人。这些官员依靠"圈子"抱团,拉帮结派,形成封建式的君臣父子关系,大搞权钱交易,严重破坏社会公平正义和法制。圈子一旦形成,腐败行为必定会随之加重和升级。腐败圈子是腐败的重灾区,因此,反腐败的一个重点,就是要揭露"腐败圈子",重拳打击它们,消灭它们。

重拳打击"腐败圈子",就要进一步加强对窝案串案的清查与惩处。尽管在清查窝案串案中,往往一人被查,就能牵扯出一批腐败分子,但是"圈子"里的人,是腐败利益共同体,"一荣俱荣、一损俱损",他们往往是抱团抵抗,或订攻守同盟,或互相通风报信,或丢车保帅,或用假话把水搅乱,使你拔起萝卜也不一定带出深层的泥。这样,如果不是以最坚定的决心、最有力的措施,砸烂他们的圈子,把他们一个个清查出来,就会使圈子的腐败犹如百足之虫,死而不僵,风头一过,会再度复苏。因此,对"腐败圈子"的查处,必须穷追猛打,深挖细查,坚决、彻底、干净,不留一点后患。

重拳打击"腐败圈子",在查处现有"圈子"的同时,要加强法制,完善对官员的权力,特别是第一把手权力的管理和监督,使其难于结党营私,无法形成新的"腐败圈子"。为此,还要认真清除"圈子文化"。俗话说,"物以类聚,人以群分",人们因行当、爱好等不同会形成不同的圈子,本是正常的,然而,为腐败拉帮结派,编织权力网,官官相护,以权谋私,蝇营狗苟,则是一种滋生于腐朽的"圈子文化"。邓小平同志说过:"小圈子那个东西害死人呐!"讲的就是这种腐败圈子。只有清除这些"山头主义"式的封建性"圈子文化",方能有良好的政治生态和良好的文化环境,使"腐败圈子"失去滋生的土壤。

2014.11.6

八

贪官"通奸"多属权色交易

日前,中纪委通报了7名官员被开除党籍,其中5人的违纪违法问题中包括"与他人通奸",这5人分别为海南省原副省长冀文林、中央政法委办公室原副主任余刚、齐鲁工业大学原党委书记徐同文、武汉市新洲区委原书记王世益、湖北鄂州葛店经济开发区管委会原主任陈伯才。

落马官员的违法违纪问题,以往公布时提到的多是贪污受贿,权钱交易,现在将"与他人通奸"也一并点出,表明了我们党加大了对生活腐化的查处和打击。贪污与腐化总是紧紧相连,它们是一对孪生子。贪污者必然腐化,腐化者少不了贪污。腐化包括政治腐化与生活腐化,两者也是穿连裆裤子,你中有我,我中有你。是故如今的贪官多是"腐化堕落,生活奢靡"。内中一个表现,就是"与他人通奸"。近年被查处的贪官污吏,无论原来是高官还是小吏,几乎都有情人、二奶、小蜜。民谚说,"自古贪官多好色"。这一现象时下非但没有收敛,而是更加放肆地发展起来。贪官搞的女人往往不是一个两个,而是成群结队。"五毒书记"张二江在这方面就有"一百零八将"。河南一个贪官在6年任内,与160多个女人发生性关系。所以,生活腐败,既是贪官的一种罪行表现,也是暴露贪官本相的一个重要切口。深入反贪斗争,需要进一步重视对生活腐败的查处,将生活腐败与政治腐败、思想腐败、经济腐败密切联系起来一道考察。

虽然，在我国的刑法及相关法律中，还没有对通奸作出定罪的规定，但是在党纪中则有对通奸的惩戒规定：与他人通奸，造成不良影响的，给予警告或者严重警告处分；情节较重的，给予撤销党内职务或者留党察看处分；情节严重的，给予开除党籍处分。党纪严于国法，党员违法必先违纪。贪官肆无忌惮地"与他人通奸"，严重败坏社会道德，践踏党的纪律，必须将他们清洗出党，维护党的纯洁性。

何况，还值得注意的是，今天的贪官"通奸"，从情妇那里往往并不仅仅是满足一下"淫欲"，情妇也不仅仅是从贪官那里获得一点"金丝鸟"式的享受。他们的结合，带着强烈的政治经济色彩，搞的是一场"权色交易"。从成克杰与李平、李嘉廷与徐福英等人的关系中，可以清楚地看到，他们犯的不是一般男女私情错误，而是合伙攫取社会财富、大挖国家墙脚的罪恶勾当。成克杰与李平长期通奸，相互配合，谋求的是要捞到更多的赃款，然后一起向国外逃窜。李嘉廷为帮助徐福英还债，一下子就批了300万元国资给她，而徐福英为答谢李嘉廷的关照，"礼尚往来"，又不断地让他的腰包鼓起来。贪官与情妇远不止是一般不正常的"性关系"，而是一种性贿赂、性交易，以性为纽带的狼狈为奸。因此，对这种"权色交易"，就应当与贪污受贿一起入罪。

基于此，加大对贪官"通奸"的查处，坚决而公开地清除这方面的污泥浊水，显示反腐败斗争正全面而深入地向纵深发展。

2014.7.5

九
权钱交易中的"皮条客"

在买方和卖方的交易交换中,常常有一个中介出现。经济越发达,中介活动就越多。当前社会的多个领域,都有中介人或中介机构存在,如贸易中介、教育中介、服务中介、网络中介、物流中介、房地产中介、二手车中介、婚姻中介等等。中介,就是"在中间起媒介作用",它本身虽然并不能直接提供相应的服务和物品,但是它能够替你寻找并安排这些服务和物品。在经济社会活动中,中介是不可缺少的。黑格尔曾从哲学角度指出:作为事物之间联系环节和事物转化、发展中间环节的中介,是普遍存在的。

不过,有好中介,也有坏中介,更有不允许存在的不法中介。比如,为嫖客与卖淫女牵线搭桥的"皮条客",从性能看,也是在"中间起媒介作用"的中介,它却是一种犯罪行为,是要受到法律取缔并制裁的。近年来,这种"皮条客",更大量出现在权钱交易中。随着反腐力度不断加大,行贿者"有钱没地方送",而受贿者又"有人送不敢拿",针对这一情况,一些"居间人"凭借他们的关系网在行贿人与受贿人中穿针引线,在送收两边做起了"拉皮条"的生意,从中捞取大量"中介费"。这样的行受贿"居间人",现在被称为"权力掮客",他们左手牵着用权者,右手拉着贿赂者,形成一种腐败利益联盟,使政治生态进一步恶化。根治腐败,需要在公权力与市场之间建立隔离带,加强对"权力掮客"的打击与清除。

在一些大案要案中，都不乏"权力掮客"的影子，如原铁道部部长刘志军案中的丁书苗，原国家发改委副主任刘铁男案中的刘德成等。有文章根据"权力掮客"身份的不同，将其分为五类：亲朋好友型；专家学者型；退休干部型；情人型；能人型。不论哪一类，都是基于私情私利，狼狈为奸，沆瀣一气。这些"权力掮客"介入行贿受贿这个黑市交易，使行贿受贿变成"曲线腐败"，更加隐蔽，让这一权钱交易黑市更"黑"，同时也由于它使行贿受贿变得更加"灵活便捷、安全顺畅"，也催化出更多的贿赂腐败。据此，我们在反对权钱交易的腐败中，必须三箭齐放，在严厉打击受贿者、行贿者的同时，也严厉打击"权力掮客"这样"拉皮条"的"中介"。

应该说，我国刑法对"权力掮客"，法律上称之为"介绍贿赂人"是有惩治规定的：向国家工作人员介绍贿赂，情节严重的，处三年以下有期徒刑或者拘役。问题是实际惩罚不够，而且，随着"权力掮客"在贿赂犯罪中发挥着越来越突出的、不可替代的催化作用，原来规定的惩罚也显得偏轻。在嫖客与卖淫者中"拉皮条"，按我国刑法规定，介绍卖淫者视情节轻重，可以"处五年以下有期徒刑、拘役或者管制，并处罚金""处五年以上十年以下有期徒刑，并处罚金"，或"十年以上有期徒刑或者无期徒刑，并处罚金或者没收财产"，直至"处无期徒刑或者死刑，并处没收财产"。"权力掮客"在受贿者与行贿者中"拉皮条"，可说是权钱交易中的"皮条客"，其罪行不亚于"介绍卖淫者"，看来也需要与时俱进，用重典对这样的腐败中介加强惩处。

2015.9.15

十

荒唐"霍邱奖励门"的背后

2009年7月，安徽霍邱县政府宣布为鼓励大昌矿业公司在当地建设"100万吨球墨铸造项目"，将奖励该公司6亿元。当时，该县年财政收入仅7亿余元，为何有此"倾县一赏"之举？它遭到全国舆论的强烈质疑。十二天后，霍邱县政府迫于压力，召开了一个"3分钟的新闻发布会"，宣布取消"错误决策"，收回成命，但在公告中，仍强调奖励决定是"程序合法"的。怎么"合法"呢？因为，县政府这一决定，是得到县人大常委会全票通过的。后来，撤销这一决定，也同样得到县人大常委会全票通过。

实际上，经过县人大的"程序"，只是走形式而已。据一位县人大常委说，通知开会，根本不告知常委会的议题，事前不可能对议题作任何思考和调研。会上突然亮出政府的决定，按照惯例，县里决定的事，"肯定是板上钉钉了"。何况，县政府领导又在场，接受奖励的企业老板作为常委之一也在场，当场还能表示什么不同意见？表决方式用的又是"举手表决"，你举不举手，大家都看得见，谁能不举手吗？我当时曾写过一篇文章，批评霍邱县政府这个"倾县一赏"决定的荒唐，同时指出县人大看着县政府眼色行事，按着县政府调门变换舞姿，是有违人大的使命的。人大作为国家权力机关，应依法监督政府行政，要有自己的正确判断，绝不可成为"橡皮图章"或"举手机器"。

如今，霍邱县这一荒唐的"倾县一赏"的背后动因，终于随着时任该县县委书记权俊良涉嫌贪腐受审而大白于天下。原来，权俊良曾23次收受大昌矿业公司原董事长的金钱贿赂，以及北京住房一套，从而为其在企业奖励、矿权转让等方面提供帮助。这就是说，所以会出现"倾县一赏"这样荒唐的"霍邱奖励门"事件，其中所谓县政府的决定，县人大的通过，这些程序性的东西，都是被贪腐分子用来掩护他们权钱交易的幌子。打蛇要打七寸，"霍邱奖励门"的"七寸"，是"门"背后的权钱交易。

此事再一次给予人们的启示，就是当一些地方和单位出现了荒唐的不正常不合理的现象，或者是中央的法规三令五申也得不到贯彻，虽然也要查查"程序"一类表面的东西，最重要的是要看他们背后有没有黑手，有没有权钱交易。以建设高尔夫球场来说，尽管国家多年前已发布禁令，然而，有禁不止，高尔夫球场建设仍呈"井喷"之势。据有关人士称，"黑户"球场大约占到90%以上。建造一个高尔夫球场，是要大量土地的，什么人有这样的力量和冲动要顶风而上呢？这里要有权、有钱、有利。权、钱、利的暗中交易，恐怕就是"高尔夫门"难以关起来的根本原因。因此，查荒唐的事，查难治的事，查各式各样的"门"，要由表及里，紧盯"门"背后的贪腐。

2014.6.22

十一
打黑要反腐, 除黑要铲腐

刘汉涉黑犯罪案件即将进入公开司法程序, 此案是近年来国内公诉的特大涉黑犯罪案。刘汉等涉嫌多项犯罪, 不仅非法经营, 欺行霸市, 寻衅滋事, 骗取贷款, 妨害公务, 而且敲诈勒索, 非法持有枪支弹药, 故意杀人, 致9死30余伤, 敛聚资产近400亿元。对这一横行不法、罪恶累累、以"血路开财路"的特大黑社会性质组织, 一年来经过警方的努力侦办, 由检察院向法院提起公诉, 终难逃法网制裁, 这再次彰显中央反腐打黑的坚定态度和政法机关果断亮剑的坚强决心。

黑恶势力在各种社会都存在, 它是一种社会毒瘤。旧中国旧上海就活跃着多个黑社会组织, 现在西方世界的黑社会犯罪现象也呈多发态势。早在1985年, 联合国大会就宣称: "黑社会犯罪已成为世界三大犯罪灾难之一。"黑恶势力危害社会, 危害人民, 政府应当大力加以清除。然而, 在旧社会, 在政权还不是真正维护人民利益的地方, 惩处和消除黑势力是难以有效地做到的。因为, 两者之间有着共同利益联系, 你中有我, 我中有你, 表面上不能不打黑, 但由于自己内心也"黑", 就下不了重手, 甚至是暗中加以维护。这种情况在我们今天的社会主义新社会, 应该得到根本的改变。新社会是红的, 人民政府也是红的, 红与黑是不相容的, 黑恶势力在今天的中国社会是不该养痈成患, 以至出现刘汉这样特大涉黑犯罪集团的。

然而，不该出现的却出现了。刘汉涉黑组织并没有在刚冒头时就受到查处，相反，十多年来不断发展壮大，即使犯了命案，犯罪嫌疑人也能长期逍遥法外，四川等地众多受害人有冤无处申、有恨无处诉、有案无法破，黑组织成员甚至说"刘汉就是法、刘汉就是天"。之所以如此嚣张，就因为他们有了"保护伞"。本该是红色的政府官员有些变黑了，权力不仅没有去打黑，而是保护起黑恶势力以"血路"开财路，而他们也从中收取带血的"黑金"。权力与黑恶势力沆瀣一气，是黑社会性质犯罪得以养痈成患的主要原因。

　　因此，清除黑恶势力，在打击黑社会组织的同时，一定要清查红色政权中的黑斑黑渣，查处腐败官员。刘汉案中一起被起诉的有当地3个政法官员，德阳市公安局刑警支队原政委刘学军等，显示了打黑与反腐并举的精神。不过，这3名官员恐怕只是浮出水面的小角色，"大鱼"还隐藏在后面呢。在四川省内外，很多人都知道刘汉是有"大背景、大靠山"的人物。对于能给他带来利益的官员，刘汉可以帮忙提拔升迁；对于挡他财路的干部，不择手段予以清除。2000年，刘汉想在小金县开发四姑娘山旅游项目，时任县长格某不同意。刘汉留下一句话："不给我项目，你这个领导就当不了。"果然，这位县长不久就被调离小金县，刘汉顺利拿到该项目。由于刘汉在当地政坛这种极不正常的超能量，被称为"第二组织部长"，干部想进步，找刘汉比找领导还好使。试想，一个挡刘汉道的县长，被他轻轻一拨就拨走了，刘汉的"保护伞"该是怎样的"大鱼"，仅仅是小鱼小虾是无权让刘汉成为"第二组织部长"的。

　　鉴于黑恶势力的生存、发展，离不开腐败分子手中的权力的庇护，因而打黑一定要同时反腐,而要清除黑恶,则要铲掉腐败。就刘汉特大涉黑犯罪集团的惩处来说,需要将大大小小的所有"保护伞"同时依法加以惩处,方能说取得完全的胜利。

2014.2.21

十二
盗贼与贪官的"黑吃黑"

官员被盗案陆续有发生，有些盗贼甚至专盯官员下手。照理说，官员手中有权，盗窃官员的财产，不是在"太岁头上动土"吗？诡异的是，盗贼并不惧怕这些"太岁"，哪怕是专管治安的公安官员，只要盗贼看准了，也一样下手。前些年，宝鸡市公安局原局长范太民的办公室，就被盗贼先后"光顾"七次，被盗大量现金与不少贵重物品。

盗贼为什么这样胆大妄为，敢于在"太岁头上动土"，并且有如鱼得水似的轻松自在呢？记得有盗贼说过这样的话：这里"来钱最快也最安全"。"来钱最快"，因为盗窃不要多少本钱，不用花多少力气，一旦得手，就会很快"来钱"。而且，从官员那里得到的，不会是一个小数目。像合肥一盗窃团伙在安徽一副厅级官员家中盗窃时，仅偷走的各类购物卡就多达600张，单张面值在500元到2000元之间，总数是近百万。河南正阳县一盗窃团伙，从几个县级领导家中除了盗窃现金250多万元，还包括金条、高档礼品等贵重物品。这与到一般平民家中盗窃相比，收获是大不一样的。

怎么会"也最安全"呢？在官员身上作案，不更容易被抓吗？然而，事实是不少官员被盗后并不报案，反而尽力掩饰。像大连市财政局局长李圣君家中被盗走人民币现金95.7万元、美元5万及其他物品后，李家就并未报案，至2014年1月警方找到其妻子核实时，才承认被盗。有的虽然报了案，却大事化小,像山西焦煤集团公司董事长白培中家遭盗抢, 其妻报案称被抢财物300万元, 而最终法院确定被抢劫财物价值高达1078万元。更为荒唐的, 是设法为小偷"减罪"。在河南省正阳县公安局打掉以县处级领导为目标的盗窃团伙一案中, 正阳县原县委书记赵兴华竟指示办案民警"多偷少报", 将赵兴华家中失窃的100多万元金额大幅减为6040元。这些说明一些官员财产被盗后,采取"大事化小,小事化了"的态度,尽力掩护盗贼,较之在其他地方作案,使盗贼感到"最安全"。

不过, 需要指出的是, 掩护盗贼的, 只是屁股不干净的贪官。因为, 贪官的钱财来路不明,是贪污受贿来的,与盗贼是"黑吃黑"的关系,如果暴露了对方, 也就暴露了自己。因而即使发现被盗了, 也只好"哑巴吃黄连", 不敢声张, 不敢报案。因此, 对盗贼来说, "来钱最快最安全"这句话, 只适用于贪官污吏。清官廉吏没有那么多的钱财可供盗窃,不会让他们"来钱最快", 而且会以坚决的态度打击犯罪,使他们没有"安全"。

社会法治建设的推进,对贪官与盗窃犯"黑吃黑"的现象,要加强打击力度,不能容许其继续发展蔓延。那种认为盗贼可以牵出贪官,可以利用其反腐的看法, 是不可取的。社会主义法治社会不容官场贪污腐败,也不容盗贼违法犯罪。凡"黑"都要打, 都要采取高压态势, 让一切违法者不但不能"来钱最快也最安全", 而且要自食违法之恶果。

2014.9.24

十三
由高管贪腐说治腐之道

行政高官贪腐,已成为"千夫所指";同样应该为国人共诛的,是企业高管的贪腐。

近日发布的"2011中国企业家犯罪报告"显示,在199件案件中,国有企业管理人员涉案88件,他们犯罪金额巨大,56例初步查明或判决确认的案值高达19.9亿元,每案均值3380万元,其中一审被判死缓的光明集团前董事长冯永明一人就贪污7.9亿元,令人震惊。

企业家犯罪近些年来"与时俱进",有增无减。2009年中国可统计的落马企业家有95名,2010年上升到155名,2011年则突破了200名,其中不少是矿产、电力、石油和金融证券业的大型国企高管。

国企高管是高收入人群,根本"不差钱"。他们有天价年薪,有垄断福利,有公款消费,似乎没有必要再冒着身败名裂的危险,伸出黑手去挖国家的墙脚。实际上,欲壑难填。贪腐不是出自生存的需要,而是源于贪婪的恶性膨胀。在现行体制下,国企高管具有特殊的"亦商亦官"的双重身份,手中握有重权,既直接掌握着大量国有资产,又拥有一定的经营自主权,如果缺少有效的制约监管,很容易借助各种手段直接或间接地化公为私,将国有财产据为己有,其敛财的便捷甚至优于官员。国企既然存在着权力寻租的巨大黑洞,对贪婪的高管来说,那真是"不贪白不贪,贪就贪个够",以至出现了贪污近8亿元这样的天文数字。

有句话很深刻："权力导致腐败，绝对的权力导致绝对的腐败。""不差钱"的高管之所以还会坠入贪腐泥坑，就因为他们拥有不受制约或少受制约的"绝对权力"。

按照现代企业制度要求，企业首先要建立股东大会、董事会和监事会制度，实行决策权、执行权和监督权的分离，内部要有一个严密的制衡机制。可如今不少国企的"三会"都没有发挥应有作用，而是由"一把手"将众权集于一身，这就为一些高管独断独行、胡作非为、贪污腐败打开了方便之门。

国资委原主任李荣融明确指出，当前，大部分国有企业权力制衡机制不够健全，规范法人治理结构还没有普遍建立，很多企业还是"一把手"体制，这是发生腐败问题的一个主因。而一些大型国企拥有很高的行政级别，也使地方政府难以从外面监管，形成国企高管犯罪现象的多发。

内外监管的缺失，造成"绝对的权力"，从而导致"绝对的腐败"。对症下药，治理贪腐就要为权力套上制约监督的笼头。近日，读了一本有关经济学的著作，作者认为，现存所有社会的历史，都是通过提高民主和法治水平来打击权力腐败的。作者说，资本主义之所以能够存活至今，就是因为在马克思过世之后，欧洲通过进一步的民主和法治控制了腐败。而苏联的解体并不是因为马克思的理论有什么错误，而是因为苏联没有遏制腐败，违反了马克思的理论。对资本主义存活与苏联解体的原因，自然还可以有多方面的分析，但用提高民主和法治的办法来打击腐败，则是一副对症的"药"。讲民主，就是不能独断独行，不能"一个人说了算"，而是要有能体现大众意愿的

亿元巨贪何其多

制度,对权力进行制约和监督。讲法治,就是要依法办事,依法约束权力,任何人都不能凌驾在法律之上胡作非为。民主推进了,法治加强了,有导致"政亡人息"危险的贪腐,包括"千夫所指"、全国要共诛之的高管贪腐和高官贪腐,就都有望得到有效的遏制和清除。

2012.4.13

十四
官员失踪与法纪"失踪"

近来，不断有官员失踪的消息传出。2011年12月，农行江苏要塞支行行长孙锋与家人一起出游泰国后消失。2012年2月29日，安徽省安庆市花凉亭灌区管理局局长艾应顺离家后"人间蒸发"。湖南省郴州市农机局副局长王昌宏从2011年11月29日起也突然不见。他们失踪后，有关单位组织力量进行查找，郴州市农机局还为王昌宏专门成立了"寻找小组"，担任组长的法规科科长戴恒煊将寻找情况整理成一本《寻找副局长日记》，并在报上登出"寻人启事"，可谓做得认真。

人之所以失踪，有两种情况：一是外力的因素，受到外人的胁迫绑架；一是内在的因素，或精神有疾，老年痴呆，或作恶多端，逃避惩罚。从现有的材料看，官员的失踪，包括1999年8月江西省原副省长胡长清和2006年8月长春市原市委副书记田忠的一度失踪，没有一例是外力胁迫的，也并非他们精神痴呆，出去就认不得回家，相反，他们都是猴精猴精的，他们的失踪是面临东窗事发的应变之举。王昌宏就是因做生意欠了数百万元的高利贷而失踪的。湖南省纪委预防腐败室副主任陆群正确地总结近年官员失踪事件的共性：一是官员违规参与经营活动亏损严重，避走躲债；二是担心腐败问题被追查而潜逃。

这就是说，失踪官员之所以玩"失踪"，一般都因为涉嫌违法犯罪。像王昌宏身为正处级公务员,公然违反公务员不能从事或者参与经营性活动的规定,开酒店、搞房产、借高利贷、做投机生意,他的问题是"秃子头上的虱子",明摆着的。有关部门本应早就觉察到,按规定给予严肃处理的,然而,不仅没有这样做,在他潜逃后,也没有将其作为有问题的人加以追缉,反而温情脉脉地成立了"寻找小组",虽经两个多月,也没找到他,2012年2月24日,又在《郴州日报》上登出"寻人启事":"王昌宏同志,请你见报后务必在3月10日之前回局上班,否则后果自负。"可是,王昌宏并不"同志",仍然没有回应。这时,他不告而别已经近4个月了。依据《公务员法》,公务员"旷工或者因公外出、请假期满无正当理由逾期不归连续超过十五天,予以辞退"。王昌宏却能超过7个15天,也仍然是岿然不动。这里,伴随着王昌宏的失踪,更让人忧虑的,是国家法纪及其尊严的"失踪"。

由此我想,对官员失踪事件的治理,最重要的是要保证党纪国法及其尊严不"失踪"。

2012.5.18

十五
评卖官的"诚信"

山东菏泽市委原常委、统战部原部长刘贞坚把卖官当成生意来经营,夫妻二人开起了"卖官夫妻店",5年受贿116次,总额858万余元,其中收受41名下属买官贿赂739万余元,占其受贿总数的86%。近日,其被潍坊市中级人民法院判处无期徒刑,剥夺政治权利终身,并处没收个人全部财产。

此案之所以引起社会广泛注意,并不是刘贞坚的官位特别高,或者是受贿数额特别巨大,而是因为他专门通过贩卖官帽敛财,与妻子江某某狼狈为奸,一个台前,一个台后,合开了一个"卖官夫妻店",别开了一种贪腐新生面。更较新奇的是,他这个"卖官夫妻店",公然打着"诚信"的旗号,对买官者讲"诚信":事办不成不收钱,收了钱一定要办成事。对那些收了钱没办成事的,他还会想方设法进行"补偿"。这种"高度诚信",使那些想买官的人争着向他进贡,他的卖官"生意"也就日益兴隆起来。

诚信是一种美德,是人类社会最重要的道德范畴。孟子有言:"诚者,天地之道也,思诚者,人之道也。"人们奇怪:贪官污吏怎么会与诚信联系在一起呢? 实际上,这是一种"打着红旗反红旗"的手法。当"红旗"的影响愈来愈大的时候,"反红旗"者也会盗用"红旗"的名目来"反红旗"。这几乎是一种规律性现象。法国大革命时期,当权的雅各宾派以自由的名义,将罗兰夫人送上了断头台,罗兰夫人临刑前说道:"自由呵,自由,天下有多少罪恶假汝以行。"同理,卖官鬻爵,是见利忘义、贪赃枉法之举,是一种恶行,与诚信是两条完全不同轨道跑的车。官员的诚信首先是要忠于为民服务的职责,清廉自守,而用诚信来为卖官做招牌,就像妓女立贞节牌坊般虚伪,正如泰戈尔所说过的:"虚伪的真诚,比魔鬼更可怕。"

不过,话说回来,如果不问卖官本身的错与罪,而只将卖官作为一种"生意"来说,那么,"诚信"也确能为他们赢得买官者的信任,心甘情愿向他们进贡。正因为如此,在刘贞坚以前,早已有贪官以诚信自诩,比如,安徽定远县原县委书记陈兆丰,也在卖官的时候讲"诚信"。当有人向他买官时,他如果收了谁的钱,谁头上的乌纱帽就指日可待,区别只在于"帽子"的分量轻重而已——他要根据钱多钱少,待价而沽;而如果他感到事情难办或没有办成,必定原封不动地奉还银两。这么一来,买官的人在没有达到目的时不至于"亏本"、官财两空;也就不至于怀恨在心,日后气急败坏地来个举报什么的。由此可见,卖官的所谓"诚信"是对人民利益的最不诚信,是对诚信道德的最大污蔑,我们在惩治贪官污吏的同时,须清除一切为贪腐张目的腐朽文化。

2015.4.19

十六
反腐败与反"腐拜"

十多年前，山东省泰安市原市委书记胡建学，听风水先生说他可当副总理，只是命里缺一座桥，遂下令将已按计划施工的国道改道，使其穿越水库，在水库上修一座桥。可是，这座桥并未能让他高升，相反，却成了他落马的一根导火线，"功德桥"成了"逮胡桥"。近日，这一风水闹剧，又在四川省雅安市原市委书记徐孟加身上重演。他大搞的所谓"西蜀天梯"工程，是听从风水先生的指点，要为自己建造一条通往仕途的"青云梯"。然而，这一"青云梯"没能让他平步青云，而是成了他的"落马梯"。

风水算命、烧香拜佛之类，属于封建迷信，与科学唯物主义的信仰格格不入，更非以服务人民为宗旨的党政官员所应崇奉的。然而，近年来，在官员群体中"不问苍生问鬼神"的现象有所发展。在落马的官员中，相当一部分都染指迷信活动。四川省原省委副书记李春城被拘，罪名包括"滥用职权进行封建迷信活动"。他将亲人坟墓迁往都江堰后，曾请风水先生做道场花费千万元。原铁道部部长刘志军长期在家烧香拜佛，还在办公室里布置了"靠山石"。广东省韶关市公安局原局长叶树养，是一个"算卦迷"，案发前一晚，他还在找"大师"问卦。在中央党校学习期间，叶树养曾偷偷跑到五台山，算"官运前途"。而广西永福县原县委书记黄永跃，办事和出行都要先查黄历。2014年春节，他违规给全县20位正副县级领导分发百万元津贴，每人分发的钱数也是"掐算"出来的。

一些官员"不信马列信鬼神, 不信科学信风水", 根本原因是他们失去了为人民服务的理想信念, 私欲膨胀, 而他们又感到无力掌握自己的命运, 特别是那些已经有腐败行为的官员, 做贼心虚, 内心终日惶惶然, 遂热衷于求神灵保佑, 求风水先生指点。他们企求鬼神使他们如愿以偿, 最好是在仕途上越爬越高, 拥有更大的权力, 获取更多的名利。最起码也要保佑他们平平安安, 不要让腐败行为东窗事发, 能够逢凶化吉, 遇难呈祥。

官员的拜鬼神、信风水, 与老百姓的一般迷信有所不同, 他们在很大程度上是与掩护腐败联系在一起的, 可以说是一种"腐拜"。然而, 鬼神、风水都是虚幻的东西。鲁迅说过: "一到求神拜佛, 可谓玄虚之至了。"因此, "腐拜", 是绝对保佑不了腐败的, 而它本身也是腐朽的, 需要加以清除。有句话说得好: "凡是反动的东西, 你不打, 它就不倒。"在反腐败中, 也要重视反"腐拜", 它既是一个切入口, 也是一个深化点, 在有利于清除经济腐败的同时, 还有助于改变官员的信仰缺失和精神空虚的状况, 促使官员做到"不问鬼神问苍生"。

2014.5.14

十七
"借索"也是一种腐败

陕西省白河县"山高石头多,出门就爬坡,土无三寸厚,地无百亩平",为国家级贫困县,而县委书记郭德林竟乘坐价值百万元的豪华车,超出公务车相应使用标准5倍多。问题曝光后,白河县委宣传部人士称,该车系从企业借用,并已于1月15日归还。

以"借"的名义占用别人的车辆,郭书记并非个案。内蒙古阿荣旗女检察长也曾被曝光借用豪华车。鉴于这种情况的普遍性,宁夏回族自治区纪委、监察厅等部门联合下发过通知,要求对领导干部利用职权和职务影响以"借"为名,占用他人汽车、住房的问题进行清理纠正。《党政机关公务用车配备使用管理办法》也明确规定,党政机关不得借用、占用下属单位或其他单位车辆。

然而,由于是"借"车"借"房,一些干部认为,这是一种互通有无,何必那么"小题大做",因而"借"风并未得到有效整肃,不少地方继续在刮。

诚然,在民间,人们相互间一时借用一些东西,是一种互通有无的形式,为社会生活正常运转所不可少。不过,正常的借用,既要相互信任,双方自愿,不能强借强用;又要有时间的限制,按期归还,所谓"有借有还,再借不难"是也。而企业要把价值百万元的爱车"借"给郭书记们,恐怕很少是出于"自愿",只是慑于官员的权势,只得装出笑脸把车"借"出去。自然也有

亿元巨贪何其多

"心甘情愿"的,那是为了套近乎,拍马屁,获得官员权力的庇护。所谓"借用",实则是一种"礼贿",一种权和利的"互通有无"。由此可见,企业所以会把豪华车"借"给官员,或迫于权势,或作"权钱交换";否则,如网友说的:"咋我去借半小时,人家为啥都不肯借呢!"

官员向企业"借"车"借"房,借用之名下包裹的是贪腐猫腻。尽管这种"借用"还没有取得其"借"物品的所有权,但对他人财物的长期占有,已构成非法侵占罪。最高人民法院、最高人民检察院联合发布的《关于办理受贿刑事案件适用法律若干问题的意见》中,指出国家工作人员利用职务上的便利为请托人谋取利益,收受请托人房屋、汽车等物品,未变更权属登记或借用他人名义办理权属变更登记的,不影响受贿的认定。这就是说,是否在法律上取得对房屋、汽车等的所有权,并不能对事实上占有房屋、汽车等的认定构成障碍。山东省发改委能源交通处原副处长陈晓平,就是因"借用"汽车而被法院以受贿罪判刑的。郭德林现在虽归还了豪华车,但是在曝光后想脱身的归还,内中存在的贪腐猫腻是不能由此抹掉的,需要继续清查,不可一还了事。

以权势强借强占他人的东西,以借的名义进行索取,已不是通常的"借",古来叫做"借索"。《水浒》中写到一个妖人乔道清,强行将神农庙里道人经年累月募化积下的粮食借来吃光,用来形容乔道清的强取强借的,就是"借索"二字。因此,那些利用权力以"借"为名占用他人财物的行为,不是一般的借,而是非理非法的"借索",是贪腐的一种形态。加紧对"借索"进行清理整肃,显示反腐斗争在向纵深推进。

2013.1.21

十八
"苍蝇"危害的
普泛性与直接性

在腐败领域,既有"老虎",也有"苍蝇",古今中外,概莫能外。全面惩治腐败,既要打"老虎",也要拍"苍蝇"。可是,在反腐败的初始阶段,往往会"抓小放大","苍蝇"拍得多,"老虎"抓得少。上世纪90年代有一则有关惩腐的民谣:"老虎"作报告,"狐狸"听报告,"苍蝇""蚊子"戴手铐。反映的就是这一情况。此后,情况有所改变,成克杰、胡长清一些"老虎"先后被抓。中央一再提出,不论什么人,不论其职位多高,只要触犯了党纪国法,都要受到严肃追究和严厉惩处。近来,贪腐高官落马的越来越多。"只拍苍蝇,不打老虎"的现象得到有效改变,反腐斗争正上上下下全面向前推进。

然而,也出现一种"抓大放小"的情况,重视打"老虎",忽视拍"苍蝇"。实际上,"苍蝇"贪腐的规模与影响虽不及"老虎",但其危害性却一点不能小觑。"苍蝇"有着值得重视的特点,主要是:

一、存在的普泛性。由于我国处处都有公共权力,公家人特别多,因而许多人,哪怕是一个单位的看门人,也可能像明代权相严嵩家的门人一样,利用职权对要求进门的人索贿讨红包。水有水霸,电有电霸,房有房霸,路有路霸,只要掌握一点权力,就可以为难群众。各行各业程度不同的不正之风,本质上就是运用自己手中的权力去谋自身的私利。

二、危害的直接性。老百姓经常直接受到腐败危害的,多是这种"苍蝇"式腐败。一些基层人员，"不给好处不办事，给了好处乱办事"，那些"大盖帽，两头翘，吃了原告吃被告"与"要想富，就上路，站卡就是摇钱树"一类顺口溜，就是民众对小官胥吏腐败的鞭笞。"群众利益无小事"，这些"苍蝇"直接损害了群众利益，引发群众不满，损害党和政府的形象。要解决群众最直接最关心的问题，必须大力肃清这些在群众周围经常为非作歹的"苍蝇"。

三、与"老虎"的共生性。"苍蝇"在腐败体系中并非孤立，它依靠"老虎"的庇护而生存，"老虎"也赖"苍蝇"的支持而逞威，二者沆瀣一气，"共生共荣"。近日连续发生的"房妹""房姐"与"房媳"案，案主不仅非法拥有多套房产，而且非法获得几地户口，之所以能如此长袖善舞，多是"老虎"与"苍蝇"相互勾结、协同作孽的结果。

习近平同志22日在中纪委第二次全会上的讲话中强调指出，惩治腐败，要坚持"老虎""苍蝇"一起打，既坚决查处领导干部违纪违法案件，又切实解决发生在群众身边的不正之风和腐败问题。这将有力地推动反腐败斗争全面而深入地向前展开。

2013.1.24

十九
仇和案的两点启示

　　云南省委副书记仇和落马的消息，引起社会极大的关注。这倒不是因为他是高官，在早有周永康这些"大老虎"被揪的当今，省部级贪官被揪已引不起"惊诧"了。仇和被揪的消息是于15日总理记者会结束后不到20分钟传出的，而在前一天下午，他参加人代会审议，还就廉政问题发表意见。当天人大闭幕后，他也坐车回到了云南代表团的驻地。仇和的这种突然命运转折，也许是引起社会普遍关注的重要原因，人们从中看到反腐败斗争在深入展开，腐败分子的一切伪装，都会被反腐的利剑所戳穿。善有善报，恶有恶报，不是不报，时间未到。时间一到，立即会显出他们本来的面目。

　　不过，仇和落马消息所以带有爆炸性，更由于他是个披着明星光彩的"明星官员"，被看作是具有铁腕的"能吏"，在他主政宿迁、昆明期间，以强行拆迁的手段搞城市改造，社会上流传着"仇和望一望，拆到南关荡"，"拆了你莫哭，没拆你莫美，那是仇和没看到"等顺口溜。他在宿迁更打着改革的旗号，搞"卖光"政策，以极端的手法处置国有资产，说什么"宿迁515万人民所居住的8555平方公里的土地上，只要可以变现的资源或资产，都可以进入市场交易"，以至于敢把公立医院和学校都卖掉。对这种"铁腕霸道"，尽管有着不满的批评声音，但是，他却在争议中被戴上"个性官员""铁腕能吏"的帽子，在仕途上不断上升。

官员肩负为民服务重任，确实应该敢于担当，有所作为，经济社会发展改革大业需要"铁腕能吏"，需要敢于亮剑的"个性官员"。不过，这一切都要依法进行。无论"铁腕"，还是"个性"，都不能违背法律。今年的政府工作报告特别强调要依法用权，用权不能任性。而仇和的"个性"和"铁腕"，多是一种任性的乱作为、胡作为，从根本上违背了"以民为本"的执政理念。这样任性的法外用权，正是整顿吏治所要解决的一个核心问题。评价干部，不但要看"能"，更要看有没有依法行政的"德"，不但要"个性"，更要看有没有执政为民的"党性"。这是仇和落马可以带给我们的一个启示。

问题还要看得深一些。仇和任性用权，在工作上不论对干部还是对民众都表现那么强势，说一不二，并不是如他所表白的，是为了改变城市面貌，为民造福，其中有私心存也。据报道，仇和与一个叫刘卫高的商人关系密切。在相当时期内，土地开发利用获利最快、最大。许多贪官污吏和黑心商人就在土地开发利用上大做文章。这就是仇和与李春城、季建业等贪官一样，那么热衷于对城市进行大拆大建的原因。仇和在宿迁时让刘卫高"一个人盖半个宿迁城"，该商人随后又追随仇和从宿迁来到昆明，个中缘由就在于此。仇和的强硬霸道，正是为了一手遮天、个人说了算，能够顺利"照顾"商人，更多地谋取私利。他"涉嫌严重违纪违法"被查，说明他并非他自诩的那样"清廉"。任性违规违法用权的官员，免不了有官商勾结、以权谋私的肮脏，这是仇和案给人们的另一个启示。

2015.3.18

二十
"刷脸男"与"刷脸官"

近日，微博上有一组聊天记录，标题中"张江男可以刷脸消费"，说的是一个男青年工作加班向一家餐馆叫外卖，老板问有无会员卡，此男青年迅速在网上发去自己的照片，老板一看恍然大悟：是你呵，八八折没问题。

此微博给人带来乐趣，引来万余网友转发，"刷脸男"一词随即走红。

实际上，在这位"刷脸男"登场以前，社会上早就出现了可以不要刷卡的"刷脸官"。最近，中纪委为治理"会员卡腐败"，率先在全国纪检系统开展会员卡专项清退活动。清查表明，会员卡有银卡、金卡、钻石卡等不同级别，在会员卡消费的金字塔上，高档豪华的私人会馆高踞塔尖。由于私人会馆有着公共场所所没有的隐蔽性，问题官员都喜欢持着收贿来的会员卡到这种隐蔽地方进行奢侈享受。但是，随着反腐败斗争的深入推进，"卡腐败"成了明确的整治对象，为了回避刷卡可能带来的麻烦，一些私人会馆与时俱进，改变进场手续，只要是认得的重要客户，凭面孔就可入内，不必再刷会员卡。前不久《法制日报》就揭露了北京市昌平区的一家高级私人会馆，客人入馆消费由工作人员进行"刷脸"认证。这就是说，由脸代替了会员卡，原来用卡可能留下的腐败痕迹就有望加以抹去。问题官员会得意地想：你不是要清查会员卡，消除"卡腐败"吗？现在连会员卡都隐身不见了，看你凭什么去取证，去清查？

私人会馆以"刷脸"迎宾，使官商勾结的卡腐败进一步走向隐蔽。如果说社会上出现张江男那样的"刷脸男"，引发很多人的乐趣，而私人会馆浮出的"刷脸官"，则不能不引发人们的沉重深思。

反腐败斗争确实是任重而道远。"道高一尺，魔高一丈"，腐败力量会不断变换手法对抗反腐风暴。"刷脸"，本是一种生物特征的识别新技术，正当地使用，有益于人类生活的美好；为歪道所用，则会有害于社会健康发展。即使是技术，也并非是纯技术，能被好人用来做善事，也能被坏人用来做恶事。"刷脸官"的出现，表明我们要更深一步反对各种隐性腐败，在加强反腐败制度建设的同时，也要善于将新技术铸成为反腐的利剑，用以戳破腐败者的各种新伪装。

2013.8.13

二十一
造假骗官少不了"贵人"相助

据报道,涉嫌年龄造假、入团志愿书造假、违规任用等问题的原鹰潭团市委书记徐楷,在8年时间内,顺利调换8个岗位,横跨两省五地,从一名副科级乡镇干部变身为正处级团市委书记,还戴上了省政协委员的光环。因涉嫌违纪,江西省政协日前作出决定,撤销原鹰潭团市委书记徐楷江西省政协委员资格。

造假骗官事件并非个案。据中央巡视组通报,去年以来,已公开通报的31个被巡视省区市中,有11个存在干部档案造假问题。在这以前,类似的现象早已不断曝出。记得有材料说,有一名即将被提拔的干部,在档案审查阶段发现其档案改动竟达12次、涉及20多个方面。"人无信不立",诚信是立身之基,治国之宝。诚信是社会主义核心价值观的重要内容,一切弄虚作假、假冒伪劣的行为,都是我们社会所不允许的。如果说,我们要取缔烟酒等产品的假货,更要坚决打击年龄、学历、文凭等方面的假官。社会上不容假烟假酒祸害消费者,更不容假官假吏玷污以为民、务实、求真、清廉为特色的人民政坛。因此,对造假骗官者必须坚决说"不",严肃加以查处。

造假骗官者,像徐楷这样在档案上"做手脚",把年龄改小,自然是由于他想向上爬,为了谋取更高的官位,不惜铤而走险。这就是说,档案造假首先是源于造假者以不法手段去谋取个人私利。不过,档案造假能够成功,则一定有"贵人"相助。因为，档案在档案室由专人管理，借阅、使用须遵循严格的档案管理制度，干部是无法接触自己的个人档案的。要改档案，或通过收买档案管理者造假，更多的则是通过关系，由上级领导授意组织人事部门而为之。2013年因改档案被查处的山西太原市质量检验协会原秘书长王红英，就曾请托时任太原市商贸委员会组织部长王秋兰为其改档案，将年龄改小两岁。王红英后被取消公务员身份，撤销职务。王秋兰也被留党察看一年，撤销行政职务。山西运城市经济开发区原副主任黄梅芳，因档案造假被处分，也是由其父亲黄长泉在任稷山县财政局长期间，打通县委组织部的关系帮她改的。

徐楷在官场上之所以能长袖善舞，潇洒地游弋于江西安徽两省，频繁地在岗位调动中不断上升，并非由于他有什么过人的才智，也是因为有"贵人"相助。根据网上的《一个精心编织十余年的弥天大谎：解密鹰潭团市委书记徐楷》一文透露，这个"贵人"是他的岳父。此人系江西省政协一名领导，曾任景德镇市委主要领导。徐楷2005年6月从南昌大学硕士研究生毕业，即在其岳父的竭力"运作"和"跑动"下，到其治下的浮梁县洪源镇任副镇长。仅仅1年3个月，其岳父就"指示"当时的市人事局局长将徐楷调到市人事局担任主任科员，并旋即安排担任两个科长级职务。随后徐楷通过公选到合肥任团市委副书记，官级又上了一个台阶，而这次公选却是"萝卜公选"，是徐楷岳父利用关系和渊源，运用手段和"技巧"，对时任合肥市委主要领导软磨硬泡的结果。在合肥短期工作后，又是通过岳父调回江西鹰潭担任市委办副主任，同时挂职鹰潭下辖贵溪市委副书记。不久，其岳父再通过他的老部下、当时的鹰潭市委书记，使徐楷任了鹰潭团市委书记。在公选合肥市团市委副书记中,公示方要求竞选对象须为1980年1月1日后出生,而徐楷却是生于1978年,所以就改了档案。由此可见,徐楷之所以能在档案上造假,并且多次得到违规任用,有赖他有位高官岳父做他的"贵人",方能一路过关斩将,演出了一出"造假骗官"的丑剧。

鲁迅说:"屠夫有帮手,骗子有屏风。"谋取不正当利益者,必定有"帮手"与"屏风",组成了一条非法利益链。站在徐楷背后的这些"贵人",尽管官位甚高,但就其蝇营狗苟来说,在本质上与"屠夫的帮手"和"骗子的屏风"是一样的。没有"帮手"和"屏风",骗子方难施其技;没有"贵人",骗官者也难以骗到手。因此,查处造假骗官,要全面清查其非法的利益链和关系网,把背后的"贵人"一道端出来!

2014.11.7

二十二
从查处衡阳贿选案中看到的

2012年12月28日至2013年1月3日，湖南省衡阳市召开第十四届人民代表大会第一次会议，在差额选举湖南省人大代表的过程中，发生了贿选事件。现初步查明，共有56名当选的省人大代表存在送钱拉票行为，涉案金额人民币1.1亿余元，有518名衡阳市人大代表和68名大会工作人员收受钱物。

根据我国《选举法》和《代表法》的有关规定，湖南省十二届人大常委会第六次会议近日决定，对以贿赂手段当选的56名省人大代表依法确认当选无效并予以公告；对5名未送钱拉票但工作严重失职的省人大代表，依法公告终止其代表资格。衡阳市有关县（市、区）人大常委会会议分别决定，接受512名收受钱物的衡阳市人大代表及3名未收受钱物但工作严重失职的市人大代表辞职。另有6名收受钱物的衡阳市人大代表此前因调离本行政区域已经终止代表资格。

这是一起严重的以贿赂手段破坏选举的违纪违法案件。严肃查处此案，充分显示了我们党严肃党纪国法、坚决惩治腐败的决心。

对腐败惩治的案例，较常见的是经济领域的贪污贿赂、权钱交易，衡阳此案表明腐败的黑手也伸向政治领域。尽管破坏选举案件过去也披露过，如云南省德宏州梁河县就发生过人大代表卷入贿选案，但涉案人员没有这样多，涉案金额没有这样大，衡阳案件性质特别严重，影响特别恶劣，显示腐败分子对我国人民代表大会制度的严重挑战，对社会主义民主政治的严重挑战。依法依纪严查贿选案件，表明我国的反腐斗争正在全面而深入地向前推进。不论什么人，不论什么事，只要触犯党纪国法，就要受到查办。湖南省在对涉案人员的代表资格处理后，已对涉案的党员和国家工作人员进行党纪政纪立案调查，对涉嫌犯罪的人员将移送司法机关审查，这是符合中央"坚定不移反对腐败"的精神的，人们期待早日公布结果。

　　另据报道，湖南省政协副主席童名谦（时任衡阳市委书记、市人大换届领导小组组长）失职渎职，对本案负有直接领导责任，中央已决定免去其领导职务，现正在按程序办理，由中央纪委立案调查。这也是处理此案的一个亮点。过去领导干部外调或升迁了，他在任内做的坏事、拆的烂污，尽管负有直接责任，往往是一走了之，再也追不到头上。现在童名谦因"失职渎职"，已被立案调查，这是踏踏实实在贯彻终身责任追究制，这是一个有利于党风廉政建设和反腐败斗争的好制度。责任终身追究制犹如给手握权力的官员戴上一顶紧箍咒，促使他们敬畏权力、慎用权力，不可以权谋私，以权作恶，否则，"善有善报，恶有恶报，不是不报，时间未到，时间一到，一切全报"，这笔账迟早是要算的，即使离任了，也是逃不掉的。

2013.12.30

二十三
成了遮羞布的"某"

2013年11月12日，黑龙江省向外通报严肃查处了547起顶风违纪案例。对违纪行为既"严肃查处"，又"向外通报"，赢得人们频频点头称赞。然而，美中不足的是，对包括一位副省级干部违纪在内的案例都只见事不见人，违纪干部都被以"某"字代替。违纪通报如此遮遮掩掩、扭扭捏捏，又引起人们的摇头非议。

这并非个案。前不久，辽宁省纪委公开通报了10起党员干部作风方面问题的查处情况，也是"点到为止"。例如其中一起案件通报称："抚顺市纪委查处某工商分局局长私设小金库用于单位招待费和部分干部旅游问题。抚顺市纪委给予当事人党内警告处分。收缴违纪款97790元。"这里，作为当事人局长的姓名也是付之阙如，以"某"代替。谁知道"某是谁"呢？

"某"是一种代称。对人不提姓名，而由"某"代之，有两种情况：一是不清楚那个人是谁，不知道他姓甚名谁；二是虽然知道那个人是谁，但不便于点出他的姓名。现在是通报正在处理的违纪案件，对当事人不可能忘其名，却也要以"某"代之，那只能是由于"不便说"了。

有什么"不便说"呢？是囿于有相关的规定吗？据有关记者调查，并没有这样的规定。实际上，有些地方在相似通报中，就把违纪者的基本信息完全公开。2013年11月9日，四川省纪委对外通报了4起涉及"四风"问题的典型案件，涉案人员全部有名有姓。可见，"不便说"是所在地方和单位的自行其是。是由于要保护隐私吗？违纪并非隐私，根本谈不上什么要"保护"。据法律界人士称，用"某"来代替当事人，一般出现在涉及未成年人和涉密人员的对外通报。官方既然决定公开违纪情况，就说明这些信息并不涉密，就应让民众知道这些违纪人员的信息。

向社会通报违纪案件，采取实名制，而不是采用"某"来代替，越公开，越透明，越能显示对公众负责的精神，越能取得公众的信任，越能与群众心连心。同时，也越能显示执行法纪的严肃性，越有利于问责制度的落实，也越有利于被处罚的官员在人民的监督下认真改过归正。相反，如果在"千呼万唤始出来"的通报中，还要囿于情面，欲说还休，"犹抱琵琶半遮面"，那将有害于政务公开性透明性的推进，引发公众的疑虑与不满。

值得一提的是，"某"的滥用，并不限于政界，在商界学界所曝光的违法违纪事件中，也频频出现。前不久，有报道说，佛山有家大型调味公司使用致癌工业盐水代替食用盐生产万箱酱油，企业名称也是用"某"代之，一时引发市民纷纷猜测。还有教授的作假作弊，虽也有少数人如王铭铭的姓名被披露，但大多在报道中都以"某教授"代之。"某"成了"遮羞布"，其恶果不仅是变相剥夺了公众的知情权、监督权，使通报起不到应有的积极效果，而且因为"某"模糊了真相，会引发人们的乱猜疑，增添社会的混乱。

某，是梅的古字。《说文·木部》："某，酸果也。"酸果是酸的。滥用"某"字，弄得不知道"某"是谁，是会让人酸心、恶心的。严肃的通报公告以及新闻报道，应尽量避免用它作"遮羞布"。

2013.11.17

二十四
为去"某"化的点名通报叫好

中央纪委日前对10起违反中央八项规定精神的典型问题发出通报，较之过去的通报更进一步的是，此次通报不仅人数更多，而且对违规违纪干部直接"点名"，其中包括黑龙江副省级干部付晓光、交通运输部综合规划司司长孙国庆等在内的多名领导干部受到党纪和政纪处分。

以前对违纪情况的通报，往往是"见事不见人"，不提违纪干部姓名，而是用"某"代之。比如，辽宁省纪委不久前的一次通报称："抚顺市纪委查处某工商分局局长私设小金库用于单位招待费和部分干部旅游问题。抚顺市纪委给予当事人党内警告处分，收缴违纪款97790元。"这里，将当事人局长的违纪事情公开通报了，自然比捂着不通报好，但对当事人的姓名又付之阙如，以"某"代替，遮遮掩掩，欲说还休，使通报应有的公开性、透明性大打折扣。对违纪情况进行通报，本要发挥其警示的震撼作用，如果含情脉脉，对当事人的名字秘而不宣，这样通报的作用就大受影响。对此，我曾写过一篇文章，呼吁通报不可"犹抱琵琶半遮面"，莫让"某"字成为遮羞布。

如今，中央纪委在通报中对违纪干部直接"点名"，摒除"某"的代称，对公众彻底"曝光"，不将被处理的干部虚化，不留一点"遮羞布"，让公众看得明明白白，不再"雾里看花"，不再去乱猜测，这既充分尊重了人民群众的知情权、参与权和表达权，也彰显了中央在正风肃纪方面的坚定决心。这样的点名通报、实名通报,是实实在在的警告、警示,不仅仅是警告警示相关的当事人,更是警告警示所有的干部都要坚定地走在遵纪守法、反腐倡廉的大道上,不可有任何的歪念邪想。

点名通报不是虚晃一枪,而是真刀真枪,体现着一种求真务实的作风。一桩桩点名通报,就犹如一次次警钟长鸣,对纠正"四风"、反对腐败将起着有效的作用。我为中央纪委通报率先去"某"化叫好,为实名通报叫好。

2013.12.18

二十五
制度管人，文化管心

近来，不少地方在整顿吏治中，狠刹衙门作风。衙门者，官府也。衙门作风，系贬义，指的是官员不良的办事作风。高高在上，漠视民瘼，冷淡群众，"脸难看，话难听，门难进，事难办"，懒、散、傲、庸、拖，有的更是"吃拿卡要"，不给好处不办事，给了好处乱办事。总之，是一种官老爷作风，不是"俯首甘为孺子牛"，勤政廉政，踏实高效地为人民大众服务，而是高踞公众之上，饱食终日，少所用心，懒政怠政，不作为，或者乱作为，严重损害了人民大众的利益，伤害了人民政府的形象。

各地在整治中，强调"正风肃纪"，除查处了一批违纪违规的公职人员外，为防止整顿后的反弹，都加强了制度建设，把一些能够防止"不作为，乱作为"等衙门作风的做法和经验，用制度化的形式固定下来。有人指出，"制度具有根本性、全局性和长期性"，是长效机制建设的关键。

俗话说，人管人，不如制度管人。较之依赖人管人，制度建设确实"具有根本性、全局性和长期性"的意义。不过，当今衙门作风的存在，并不完全是因为缺少约束的制度，不少地方对"脸难看，话难听，门难进，事难办"和"吃拿卡要"等现象，早就有制度明确说"不"，但只要上级一时不去检查督促，"不"的制度就会落空，根深蒂固的衙门作风仍会"回潮"，显出"涛声依旧"。

这就提出一个问题：要长期有效地刹住衙门作风，在加强制度建设的同时，还需加强文化建设。文化的内容十分丰富，文化的形态多种多样，需要充分认识到的是，核心文化是人文文化，文化核心则是价值观。衙门作风的出现，反映了有关公职人员缺少应有的人文素养，背弃了他们应有的为人民服务的天职。要使他们能够从根本上长期尽职守责，勤政而不是懒政，更不是以权谋私，必须促使他们树立正确的世界观、人生观、价值观，切实认识到"人民政府的权力是人民给的，我们应该对人民负责"。鲁迅有句名言：从血管里流出的是血，从水管里流出的是水。只有让公职人员血管里流的是人文精神的血，再配以必要的制度，方能长期有效地刹住衙门作风。

实际上，不仅是勤政，反衙门作风，就是廉政，反腐败，也亟需先进文化的支持。这些年来，国家的反腐败力度愈来愈大，也建立了一些反腐败制度，尽管取得了一些成效，但是贪官还是前仆后继地出现，一个重要原因，就是腐败文化成为官场一种习见的文化。其影响所及，在一些地方清官不香，贪官不臭，像小说《D城无雪》中所描写的那样，对腐败见怪不怪，对清廉却讽刺挖苦，贪官处处得心应手，清官的手脚却受到牵制。在这样的文化环境下，虽然也有不少意志坚定者"出淤泥而不染"，坚持了清廉自守，但也有不少意志薄弱者，经不起熏染，一步步地跌进"染缸"。时下腐败案中的串案窝案增多，一些地区和单位的领导班子，在清查中被"一锅端"，就反映了这种腐败文化习俗的巨大腐蚀作用。有效地反腐败，必须加紧打造廉政文化，营造一个以廉为荣、以廉为乐、以廉为美的社会文化环境。

还是俗话说得好：人管人，不如制度管人，而制度管人，又不如文化管人。因为文化进而可以管心，而只有管住了心，人方会拥有向善避恶的高度自觉。所谓"内圣外王"嘛！哲学大家梁漱溟说过："政治的根本在文化。"这句话富有深刻含义，因为由人制定的各种制度，包括不同的政治制度，也都是由不同的文化确定的。

时下，全国正在为社会主义文化的大发展大繁荣而努力，当中自然不可忽视"物化"文化的发展和繁荣，但更重要的是要发展和繁荣作为精神之魂的人文文化。要让社会主义的人文精神覆盖到每个人，尤其是作为人民公仆的公职人员，血管里更应当流淌着先进文化的血液，自觉地实践以人为本、为民服务的价值观，从而能"拒腐蚀，永不沾"，永葆公务员一心为公的本色。

2012.6.21

二十六
反腐败要大力弘扬廉政文化

安慧今天（22日）在《中国青年报》发表了一篇文章，题为"亨廷顿的'官方哲学'"，讲的是当前官场腐败丛生，与受到"腐败有益论"和"腐败适度论"影响有关。而这些理论的始作俑者，就是以提出"文明冲突论"而闻名的美国学者塞缪尔·亨廷顿。他的论点，通过某些中国学者的演绎，对我国社会危害很大。

安慧要听听我对这篇文章的看法，我说，问题提得很有针对性，拉出亨廷顿这位名人做引子，或者说做靶子，颇能吸引眼球，引人注意。

我说的"针对性"，就是当前以权谋私、"前腐后继"现象频频发生，除了由于对权力缺乏有效的制度性的约束和监督外，确与腐败的"官场哲学"有密切关系。不是以腐败为非，而是以腐败是不可少的，不是崇廉颂廉，而是崇贪颂贪，这种腐败文化使得清官不香，贪官不臭，成为滋生腐败的文化土壤。虽然也有意志坚定的官员，"出淤泥而不染"，坚持了清廉自守；而一些意志薄弱者，经不起熏染，一步步地跌进"染缸"。时下腐败案中的串案窝案增多，就反映了这种腐败文化的巨大腐蚀作用。

拉出亨廷顿很有必要，他的"文明冲突论"虽然影响很大，但也争议不断。名人的话，并非都是名言，其中不乏谬论。他认为在现代化过程中，在市场化尚未健全时，一定程度的腐败，对经济发展有正面作用，不失为现代化的润滑剂。这就属于谬论。这种谬论,被我国某些学者演绎为"腐败有利论"和"腐败适度论"。他们说,建立市场经济新体制的过程,是权力由政府手中向市场转移的过程。实现这一权力转移,成本相对较小的方式,就是通过适当的腐败方式,一点一点地将权力从政府的手中购买出来,因而"腐败是改革过程得以顺利进行的润滑剂"。显然,这种"哲学"有悖于我国坚持不懈反腐败的方针,有悖于"立党为公""执政为民"的执政理念,有悖于公平、公正、和谐社会的建立。让腐败来推进市场经济体制,推进现代化,不是增加了"润滑剂",而是饮鸩止渴。

这里昭示一个问题,就是在反腐败斗争中,一定要注意清除保护腐败生长发展的"腐败有利论"和"腐败适度论",加强廉政文化建设,倡廉肃贪,以廉为荣,以贪为耻。如今文化正走红,什么东西都喜欢扯上文化,厕所也在讲文化,可是文化既有先进落后之别,还有内涵的轻重之分。对反腐败这一关系国家命运的重大斗争,特别需要先进文化的大力支持。倡廉肃贪、扬清抑浊的廉政文化,正是我们需要全力加强弘扬的文化。

基于此,我对安慧说,他的文章有助于提醒人们改善官场的文化生态,有利于从源头上预防和治理腐败。

2012.10.22

二十七
驻京办现在还有多少家

据报道，在公务接待专项整治中，各驻京办事处接待数量同比平均降幅达70%。这当然是整治不正之风的一种成效。不过，对大多数驻京办来说，更重要的是它还有没有继续生存下去的必要性。从上世纪90年代开始，在反腐斗争中，驻京办即成为公众瞩目的一个焦点。因为，计有五六千家的各级地方政府驻京办事处，是一个"腐败高发区"。

造成驻京办腐败的高发，与别的地方有点不同，就是它的一些职能本身就不合理不合法，带有先天的腐败因子。一个突出职能是"跑部钱进"，就是通过与中央部委拉关系，走后门，争资金，争项目，为地方政府获取好处。向有关领导及上级主管部门进行"公关"，成为许多驻京办的首要任务。有些地方对驻京办的要求，就是在北京，"能办领导想得到的事，能让领导见到想见到的人"。为此，他们就削尖脑袋，通过各种手段，包括送礼行贿的手段，在北京编织各种关系网。这样做，严重干扰了地方与中央部门的正常联系，破坏了正常的组织程序，让关系、人情、利益，左右机构间的运作，这样公然的出轨活动，必然引向腐败。

驻京办另一个重要任务，是为地方官员来京服务，为他们安排生活与应酬。为了招待好这些领导，不少驻京办都特制自己的拿手好菜，以至网上出现了"驻京办美味"的网页，罗列了各种富有地方色彩的特色美味，称之为美味中的"无名英雄"。某驻京办负责人曾说:"某些领导或他们的家属到了办事处,如同昔日皇帝到了行宫一样,办事处要提供全天候服务。我做了三年的主任,不知去过多少次长城、故宫了。不陪不行,谁也得罪不起。"而官员及家属来京后的所有开销,基本上都由办事处公款支付。这样公然地化公为私,将公家机构异化为私家"行宫",也必然陷入腐败。

这表明,驻京办之所以成为腐败高发区,一个重要原因是机构单位本身的运作,是以腐败作为润滑剂的。整治这里的腐败,除了惩治腐败分子和整治"四风"外,更要从根本上考虑驻京办的职能应当是什么,乃至还有没有必要保存。基于此,2010年初,国务院办公厅印发《关于加强和规范各地政府驻北京办事机构管理的意见》,规定除保留省、自治区、直辖市、计划单列市、副省级市人民政府驻北京办事处,新疆生产建设兵团驻北京办事处,经济特区人民政府驻北京办事处外,地方各级政府职能部门、各类开发区管委会以及其他行使政府管理职能单位以各种名义设立的驻京办事机构,以及县、县级市、旗、市辖区人民政府以各种名义设立的驻京办事机构,均予撤销。然而,不少驻京办仍改头换面,"改名换姓",依旧在北京活动。现在三年多过去了,驻京办到底撤销了多少,现在还有多少这样的机构或明或暗地在活动,查明这些情况并按法规予以处置,也许是对这类机构的整肃中最重要的。

2014.11.15

二十八

"吃空饷"的"屏风"也该清洗

时下，正面临一年一度的毕业季，全国将有700余万应届大学生与大量中专中职生毕业，就业形势十分严峻，学生及其家长都在为就业难而苦恼。与其相对照的，是连续爆出的"吃空饷"事件。一些尚在读书的官家子弟，早就被录取到相关单位，不仅有了编制，而且早已拿上工资。襄阳市襄州区财政局副局长罗某将其在校读书的儿子安排进入区财政局，而且拿了工资。山西省一位姓王的县委书记将刚读大学的女儿送进省疾控中心"上班"。河南省叶县水利局下属的河道管理所所长赵某，让他的儿子从15岁开始就捧起了"铁饭碗"，工资已经领了6年。

行政机关和事业单位，吃的是财政饭，工作稳定，待遇优渥，社会地位又高，是就业者争夺的香馍馍。不过，粥少僧多，能挤进这道门槛的人并不多。为了能显示公平竞争，这类招聘都要通过考试来决胜负。最为热门的公务员考试，被称为"国考"，呈现出千军万马争过独木桥的热烈而又惨烈的景象。令人愤恨的是，一些人以权谋私，早已按图索骥，内定好录取人员，而将招聘考试沦为糊弄公众的形式和幌子，这就是被广泛诟病的"萝卜招聘"，而上述的"吃空饷"，更是"不上位，就先占位"，较之有了萝卜才占位更显得霸道和恶劣了。

"萝卜招聘""吃空饷"，以及入职后的"火箭提拔"，都是用人上的腐败,它明显地破坏了社会公平。由于用人上是"一个萝卜一个坑",你非法地占了不该占的"坑",就使别人失去了"坑",较之贪污受贿,更直接地侵害了他人的切身利益,为百姓所深深痛恶,严重败坏了党和政府的信誉,需要认真彻查,不可有丝毫的姑息。

对已经曝光的"吃空饷"一类案件,有关地方和部门都表示要清查,有的已经作出了处理,一般都是"拔出萝卜带出爷",即在处理占"坑"的"小萝卜"的同时,重点处理了让小萝卜得以占"坑"的"爷",即"大萝卜"。这样做是对的。因为,"空饷"所以能吃到,"坑位"所以能占到,关键不在"小萝卜"的自身钻营,而在"大萝卜"的以权谋私。打蛇需要打七寸。

不过,我以为,还需要进一步看到,"吃空饷"与"萝卜招聘"一类的用人腐败,也并非一个"爷"单枪匹马所能包办成的。世上任何骗局,都是多方合力的结果。要违背已有明确规定的用人制度与财政制度,搞成"吃空饷"和"萝卜招聘","爷"再有权,各个环节也得有帮手。否则,档案就不会入编,薪金也难以入账。做正事,俗话说,要"一个好汉十个帮";做歪事,如鲁迅所说,"骗子有屏风,屠夫有帮手"。彻查这类腐败案件,如果真正做到"彻查"的话,需要将"屏风"和"帮手"也加以清查。像能源局新闻办那个发言人为贪官刘铁男公开做家奴式的辩护,这样的"屏风"不是该清洗一下吗?自然,不是"一锅煮",而是按不同情况分别给予不同处理,包括严肃的教育批评。这样做的好处,是在拔掉占"坑"的大、小萝卜的同时,也清理了萝卜四周的污泥,更好地改善了政治生态环境。

2013.6.3

二十九
政府采购竟成了"唐僧肉"

2012年10月,财政部、教育部联合发出通知,将《新华字典》纳入"国家免费提供教科书范畴",自2013年春季起,国家为所有农村义务教育阶段学生免费提供《新华字典》。这本是大好事,湖北省教育厅却采购了320万册山寨版《学生新华字典》发放,把好事变成了坏事,引来舆论的一片谴责。

舆论谴责的重点,一是《学生新华字典》错误百出,差错率高出国家标准规定20倍,不但不可上市发行,而且属于应当销毁的图书。将这样的书给孩子,是贻误子孙。二是这本假冒伪劣字典的售价,还高于正版的《新华字典》。显然,不买国家规定的优质字典,偏买高价的劣质字典,内中存有腐败的利益链。

着眼于反腐败,我以为,此案再一次表明,要重视对政府采购的监管。向学生免费发放《新华字典》,用的是国家财政资金,属政府采购。我国政府的采购量是相当大的,每年支出资金逾万亿元。为规范政府采购行为,控制财政支出,提高财政资金使用效益,促进廉政建设,我国制定了相关法规。由于政府采购是集中批量采购,可以实行招标,降低成本,《政府采购法》明确规定,政府采购的价格应低于市场平均价格。可如今政府的采购价,却往往倒过来,高于市场价。昆明市财政局采购4台服务器、68台台式机、8台笔记本电脑,成交价57万余元,比市场价高出一倍。江西省金溪县教育局的教学器材采购，也高出市场价许多。而且，物品的质量也相对较差。湖北省教育厅采购的《学生新华字典》，再一次表明政府的采购不是应有的价低质高，而是相反，价高质低。

怎么会有这样的颠倒呢？是因为政府采购金额一般较大，有油水可捞，被腐败分子和不法商人视为"唐僧肉"，形成了一条腐败利益链。他们沆瀣一气，把"萝卜卖成人参价"，将差价作为"油水"，用以索贿行贿，装进自己的腰包。政府采购成为商业贿赂的一个重灾区。江西省金溪县教育局原局长辛铭在教学器材的采购中，就对经销商的回扣"明码标价"，收受贿赂达15.9万元。有人说："一些地方政府采购竞标，比的不是价格，也不是质量，而是关系。"所谓"关系"，是由贿赂维系的。"买的东西次一点，供应商赚一点，回扣拿一点"，成了一些地方政府采购的"明规则"。不要小看"赚一点""拿一点"，由于政府采购金额基础较大，那私吞的"一点"，其绝对量一般都是很大的。

尽管湖北省教育厅还没有谈及有关人员在采购山寨版字典中运用这项"明规则"得到多少"油水"，但这种"规则"是"明"摆着的。种种迹象表明，他们与省新华书店以及崇文书局一些人一起，正是遵行这样的"明规则"，合谋了这出吃"唐僧肉"的丑剧。这出丑剧提醒人们，回扣等贿赂腐败，能使政府采购"好事变坏事"，变得事与愿违，不但没能有效地提高财政资金使用效益，促进廉政建设，反而为一些不法者提供了一个"集中腐败"的平台，一个吃"唐僧肉"的机会。深入反腐败，政府采购是个不可忽视的领域。

2013.5.7

三十
"高知"涉腐抹黑"社会的良心"

据广州市检察院披露,该院反贪局与广州市海珠区检察院反贪局2013年共立案查处科技信息系统系列贿赂案件25件29人。纪检部门相关负责人说,这些发生在科技领域的腐败案件,涉案人员之多、涉案范围之广、涉案金额之大,为近年来罕见。

与一般案件相比,科技系统的涉案人员还有一个特点,多为"高官""高知"。广州市纪委统计,广州市科技信息系统违纪违法系列案件共涉及45人,涉案人员多为科信、发改、人社、卫生等掌握科技信息资源调配权的单位和部门,其中"一把手"有10人,占58.8%,具有博士学位的占29%。

对"高官"腐败,人们谈得比较多,这里值得多说一点的,是"高知"腐败。"高知"被称为专家、学者,属高级知识分子,无疑是社会的高层次人员。不过,高级知识分子之"高",不仅在于他们有较高的知识,更应在于他们有较高的人格修养。知识分子的特性,是在他们拥有知识的同时,更具有公共性与批判性,即对社会公共事务的关怀与对社会不良现象的批判。知识分子对自己的专业知识应有一种庄严的敬意,以求真的精神与高尚的道德情操,为人民大众谋福利。孔子所说的"士志于道",孟子所说的"富贵不能淫,贫贱不能移,威武不能屈",讲的就是知识分子应有的品性。所以,知识分子被称为"社会的良心"。爱因斯坦在《我的世界观》一文中写道:"我从来不把安逸和快乐看作是生活目的本身——这种伦理基础，我叫它猪栏的理想。照亮我的道路，并且不断给我新的勇气去愉快地正视生活的理想，是善、美和真。"这说明，"高知"的腐败是完全违背知识分子的本性的，对其不应有任何的容忍。

然而，在反腐败问题上，人们一般都把眼光盯着官员，因为官员掌握着行政权力，便于以权钱交易的方式，大肆贪污受贿，盯着他们是对的。不过，社会的腐败又不限于官员，也有被誉为"社会的良心"的知识分子，纷纷陷入腐败的泥坑。以科研之名，拉关系，走门路，争项目，冒领私吞国家科研经费，把科研经费当成"唐僧肉"，这样的腐败案件不仅广州有，其他地方也在发生。而且，他们会以专家学者的名分混淆是非，颠倒黑白，把水搞乱，从中谋利。有医学专家为药厂做"药托"，即其一例。

因此，深入反腐败，在紧紧盯住官员腐败的同时，也要紧紧盯住专家学者的腐败。知识和学问并不天生具有腐败免疫力，缺乏必要的教育与监督，知识分子是一样会沦落的。而如果"高官"又是"高知"，一旦腐败起来，权力与专业结合作祟，手段会更狡猾更隐蔽，危害更加大。

点出广州科技系统涉案人员多为"高官"与"高知"，这一"点"是有很大启示意义的。

2014.4.22

三十一
惩处贿赂犯罪要左右开弓

据报道:吉林省原副省长田学仁涉嫌受贿案近日开庭,起诉书中,最引人注意的一名行贿者叫岳忠田,曾任吉林市公安局昌邑分局局长,其向田学仁行贿11万余元,为自己升任吉林市公安局副局长"买帮助"。意外的是,田学仁虽被查处,行贿者岳忠田目前仍在职,并于2010年被提拔为吉林市政法委副书记。

受贿者受到法办,行贿者却逍遥法外,这并非个别现象。河南安阳原副市长张胜涛因犯受贿罪,近日被判处有期徒刑15年,而先后向他行贿的商人和下属,多达百余人,金额达1500多万,到现在只有一人被判刑。据中国政法大学教授洪道德估算,行贿者受到司法追究的比例,可能仅为受贿者的1%。这就是说,几近于无,实在值得引起重视。

行贿和受贿是对合性犯罪,两者互为前提,有了行贿,方有受贿,反过来,有了受贿,也才有行贿。惩治贿赂罪,必须左右同时开弓,方能奏效。在反腐败斗争中,倘若只是严惩受贿,对行贿却加以宽纵,就会像有人所形容的,犹如"开着龙头拖地板",腐败的水是永远也拖不掉的。

不少国家的刑法典对行贿罪和受贿罪规定的刑罚完全相同。法国、意大利的《刑法》都规定:对受贿者的刑罚,同时也适用于向公务员或受委托从事公共服务的人员给予或者许诺给予钱款或其他利益的人。西班牙刑法典规定:任何以赠品、礼品、承诺或者应答等方式腐化或者试图腐化当局或者公务员者,除不给予停职处分外,与受贿公务员者的处罚相同。可是我国的刑法中,受贿和行贿是不同罪的,前者重,后者轻,在处罚上极不对称。对这种情况早有人民代表提出议案,希望立法上重新考虑,对受贿和行贿,"两手都要硬"。

对行贿者轻惩或不惩,除立法规定存在缺陷,还由于执法者想从行贿者那里得到受贿者的罪证,只要他们提供口供,就"网开一面"。应当说,贿赂犯罪多是"一对一"进行的,隐蔽性强,行贿人的交代对破案很重要,但坦白只能从宽,而不能抹去罪恶。再说,破案也不宜过分依赖口供,而要多方面提高刑侦技术。对行贿与受贿这对贿赂犯罪中的孪生子,必须左右同时开弓,都严加惩处。

值得注意的是,在近年发生的贿赂案件中,出现了一种"行受贿代理人",让贿赂犯罪更趋隐蔽。有了这种"代理人",受贿官员可以不直接接受贿赂,而是通过"代理人"接受,再转由自己支配,行贿人也心照不宣地只将贿赂送到"代理人"手中。这样,受贿人与行贿人一般没有直接接触,而受贿人在法律上也常常不具有所贿赂财物的"所有权",只是拥有"使用权"。这种犯罪模式企图切断受贿人与行贿人之间的直接联系,给反腐侦查带来困难,可是"魔高一尺,道高一丈",在重拳打击贿赂犯罪中,对这种腐败掮客也要像惩处行贿受贿者一样予以惩处。

2013.9.26

三十二
我们没有什么"纸牌屋"

党的十八届中央纪委六次全会指出,三年来反腐败斗争压倒性态势正在形成,党中央坚定不移反对腐败的决心没有变,坚决遏制腐败现象蔓延势头的目标没有变。国务院新闻办15日举行新闻发布会,首次亮相的中纪委有关负责人在会上回答了社会有关热点问题。

美国有线电视(CNN)记者提了这样一个问题:有人认为中国反腐是政治工具,为现任领导人领导层打压他们政治上的挑战者,为他们扫除政治障碍,请问您对这种评论或者是看法有什么回应?

中央纪委副书记吴玉良回应说:"我们没有什么权力斗争,没有什么'纸牌屋'。"这一回答干净利落,正气盎然。所谓"纸牌屋",是一部政治题材电视剧,讲述一个被称为"党鞭"的美国国会议员在华盛顿白宫中运作权力斗争的故事。《纸牌屋》于2013年2月1日在美国Netflix网站首播,随即被国内网站引入,中纪委书记王岐山在过去的讲话中也曾提到此剧,意在提醒我们干部要与这种怀有野心的"党鞭"政客划清界线。

我们的反腐败,是基于为人民造福,为国家造福。腐败是社会的毒瘤,是影响社会发展、国家长治久安的致命风险。反对腐败,建设廉洁政治,保持党的肌体健康,始终是我们党一贯的鲜明政治立场。只要涉及腐败,任何人都要受到审查整肃,没有"丹书铁券",也没有封建时代的"铁帽子王"。

因此, 在反腐败中, 既打"老虎", 也拍"苍蝇", 腐败分子不论地位高低, 不论出自哪个山头, 谁也无法避免法纪的惩处。就"老虎"来说, 仅去年一年, 就有40多名中管干部因严重违纪被开除党籍。我们的反腐败没有选择性, 只有零容忍。说什么我国反腐败是"现任领导人领导层打压他们政治上的挑战者", 如果不是别有用心, 那就是糊涂无知了。

其所以糊涂无知, 一个重要原因, 是以"小人之心, 度君子之腹"。吴玉良在回答时说了"我们没有什么权力斗争, 没有什么'纸牌屋'"后, 讲了古代的一个《疑邻盗斧》故事: 有一个人丢了一把斧子, 老怀疑邻居偷了, 看他走路的姿势, 看他表情, 甚至说话, 都怀疑偷了他的斧子。第二天找到斧子了, 再看邻居走路的姿势也不像了, 说话也不像了。这个故事讲得很"有的放矢", 说明戴着有色眼镜看事看人, 常常会"疑邻盗斧", 把人与事都看歪了。拿下有色眼镜, 就可清楚地看到我国的反腐斗争的严肃性、正义性、坚决性, 根本"没有什么权力斗争, 没有什么'纸牌屋'"。

2016.1.18

三十三
烂片当道与腐败作祟

近年来,我国影视剧的数量大幅增加,年产影片600多部,电视剧15000多集,但是,质量不仅没有相应上升,相反却在下降,出现烂片当道的现象。尽管不能说完全没有佳作,但充斥人们视野的却多是"烂片"。怎么会出现这一现象,业界的一些有识之士纷纷为此诊脉。

较多的人谈到,烂片当道是由于资本的入驻。传统产业的衰退让大量热钱加速流动到文化、互联网等产业,有些影视投资人过度依靠IP和粉丝营销获利,建立起一套小鲜肉+IP大于一切的商业模式,它们将技术去掉门槛,小鲜肉去掉演技,不讲艺术要求,只求能成为"理财产品"。初始也确有少量烂片获得了上座率和收视率,一时更坚定了资本的疯狂:只要能赚钱,管它是不是烂片。

同时,资本大量进入影视行业后,要有用武之地,从而促进产品爆发式增长。可是,没有那么多合格的编创制作人员,于是,"三脚猫""半瓶醋"乃至完全不懂影视的外行,都集合在赵公元帅旗下纷纷上阵,从而制造了许多烂片。由此可见,资本有着两面性。搞影视,没有钱是不行的,但是,钱却不是万能的。那些只是为了逐利进入影视业的资本,破坏了影视创作应有的要求,只能是成事不足,败事有余。影视业的健康发展,依赖有抱负有本领的专业人士。

近日，随着安徽广电受贿"窝案"情况的不断披露，进一步揭开了影视公司与电视台之间的黑色交易链，则表明烂片泛滥与腐败有很大关系。由于大量粗制滥造，目前我国电视剧市场供大于求，每年15000多集的电视剧，能在黄金档播出的只有半数左右，其余只能作为库存积压。为了使烂片能够播出，制作公司就频繁向电视台行贿。安徽省广播电视台原台长张苏洲、原副台长赵红梅以及原总编室主任肖融等，就多次收受华策影视及关联公司的贿赂，金额巨大。辽宁广播电视台原台长史联文也利用影视剧购片受贿571万元、港币20万元，利用与广告公司签订合同受贿295万元。市场竞争本应当优胜劣败，贿赂却使它异化为劣胜优败，让劣片能够公开露面，却使一些不愿用钱打通关节的好片被深锁库房而不能与观众见面。烂片当道，与影视剧市场被腐败侵蚀息息相关。

　　反腐败，人们比较注意政府官员是对的，然而，权力寻租远不限于行政部门，举凡一切心术不正的拥有公权力的人员，也都会运用它搞权力寻租。安徽、辽宁等电视台受贿案表明，文教部门也不是什么"清水衙门"，水浑着呢。反腐败任重而道远，需要全面深入地向前推进。坚决斩断影视部门的黑色交易链，是改变当前烂片当道的必要条件之一。

2016.9.27

第2部分

再不要搞『龙头虚』了

要打破党和人民群众隔开的无形之『墙』，让权利与权利平等对话，政府与公众良性互动。破除无形的『墙』，就是要破除『官本位』，以民为本，亲民爱民

一

精神文明建设要虚事实做

年初，一场特别的"5岁"庆活动在浦东塘桥文化活动中心举行。过集体生日的，并不是5岁的孩子，而是50位癌症患者庆贺他们在手术后都已存活满5年。因为，5年后的复发概率就会大大降低。他们所以能安然度过5年这道坎，一个重要原因是有一个"爱陪伴——社区互助组"，犹如充满正能量的"朋友圈"，时时用爱陪伴他们，扫除了他们心头上的孤独与绝望，让他们拥有了乐观的心情。

参加"爱陪伴——社区互助组"的，都是社区的志愿者。他们发扬了人文精神，让患病的邻里在"爱陪伴"中，重建了生活的信心。这是盛开在基层群众中灿烂的精神文明之花，"社区互助组"如今已经覆盖浦东的24个街道。

浦东开发开放以来，始终坚持"两手抓，两手都要硬"，在精神文明建设上也尽现排头兵风采，连续三届获得"全国文明城区"荣誉奖牌。为了有效地提升城市文明程度和市民综合素质，浦东在抓精神文明建设上，十分重视虚事实做。精神文明属于思想精神领域的问题，看来是"虚"的，但是却要切切实实地抓，不能"空对空"，只是空说一通。为此，浦东围绕提升社会主义核心价值观的感召力，从矛盾突出的地方找抓手，把一些看似抽象、虚空的事，通过具体的方式和手段，形成看得见、摸得着、有效的工作。诸如在环境卫生整治，交通秩序整顿，社会治安综合治理，以及社区治理中，都注入了精神文明建设的要求，通过积极推进"市民修身"践行活动，在改变发展环境的同时，也移风易俗，提升了人们的精神面貌。

虚事实做，还围绕着促进人民福祉的主题，让群众感受文明气息，感怀城市温度，享受美好生活。类似"爱陪伴——社区互助组"这样的爱心组织在社区基层大量出现，从生活各方面为市民送温暖，帮困解难，雪中送炭，使整个社会犹如一个"温暖的湖"。这些爱心活动的特点，是注重群众参与，由群众唱主角，化解了政府在精神文明建设中唱独角戏的现象，使精神文明建设取得切实的效果。

虚事实做，浦东还注重抓好典型人物的培育树立，扩大优秀典型的影响力，促进崇德向善、见贤思齐文明气氛的加浓。浦东以同创共建全国文明城区为目标，广泛深入开展向全国道德模范学习活动，坚持开展本地精神文明十佳好人好事的评选，大力褒奖立足本职、岗位奉献、关心他人、服务社会的优秀人物。在近日召开的浦东新区2016年精神文明建设工作会议上，就对2014—2015年度文明社区、文明镇，以及2015年度新区"十佳好人好事"获得者进行了表扬。先进榜样使精神文明之"虚"化为可见可触之"实"。

据此，浦东区委主要负责同志在近日举行的精神文明建设工作会议上，再次强调要坚持虚事实做。虚事实做，也就是要软事硬做。"虚"和"软"的精神文明建设，抓起来却不可软弱无力，虚晃作秀。

2016.9.2

二

坚持目标导向和
问题导向相统一

党的十八届五中全会审议通过的"十三五"规划建议，精当地描绘了我国未来五年的发展蓝图。2020年全面建成小康社会，是我们党确定的"两个一百年"奋斗目标的第一个百年的奋斗目标，当前，"十二五"即将收官，"十三五"将要启程，进入全面建成小康社会决胜阶段的关键时期，我们需要深刻领会全会精神，跃马扬鞭，为出色完成第一个百年奋斗目标而努力。

在中共中央8月21日召开的党外人士座谈会上，习近平同志介绍了建议稿起草过程，强调了在起草过程中着力把握了几个原则。其中第一条是坚持目标导向和问题导向相统一，既从实现全面建成小康社会目标倒推，厘清到时间节点必须完成的任务，又从迫切需要解决的问题顺推，明确破解难题的途径和方法。这种"倒推"和"顺推"的结合，表明了在实现既定目标上既坚定不移，又重视从实际出发，体现着一种革命理想与求实精神的完美结合。

一个美好的计划必定有一个美好的目标。"十三五"规划是全面建成小康社会的决胜纲领，它的一切决策举措都是在这一目标导向下确定的。拿脱贫来说，尽管在"十二五"的前四年，我国农村贫困人口已从1.22亿人减少到7017万人，今年有望再减贫1000万人，但仍有6000多万贫困人口，脱贫的任务还是很重的。对这块"硬骨头"，规划毫不含糊地表示要把它"啃"下来，到2020年实现贫困人口在现行标准下全脱贫,贫困县全摘帽。否则,就难以称为全面建成小康社会。由此可见,目标导向不是虚的,而是实实在在起着引领作用。

要很好地实现计划目标所提出的各项任务,又需要从实际出发,面对新常态、新情况、新问题,采取针对性措施。"十三五"规划分析了全面建成小康社会决胜阶段的形势和任务,提出并阐述了创新、协调、绿色、开放、共享的发展理念,破除发展难题,厚植发展优势,体现出鲜明的问题导向。问题就是事物的矛盾,哪里有未解决的矛盾,哪里就有问题。人类的社会文明得以进步,就来源于问题意识。当意识到的问题解决了,社会或工作就会向前推进一步,随之又有新的问题产生,仍然需要以敏锐的问题意识及时发现它,研究它,解决它,从而推动社会和工作不断向前发展。历史无非是问题的消亡和解决,现实也无非是问题的存在和发展。习近平同志一再强调"要有强烈的问题意识"。正是在问题导向下,"十三五"规划提出了许多切实有效的对策,将问题化作了更上一层楼的机遇。

坚持目标导向和问题导向相统一,体现着革命理想与求实精神的结合,闪烁着辩证唯物主义的光芒,是值得我们好好学习的。

2015.11.2

三

要有强烈的"问题意识"

近日,韩正同志强调要以强烈的问题意识,保持清醒头脑。他说:"看不到问题,是最大的问题。"

问题意识,是每一个改革者必须具备并不断强化的一种意识。因为,问题就是事物的矛盾,哪里有未解决的矛盾,哪里就有问题。人类的社会文明得以进步,就来源于问题意识。当意识到的问题解决了,社会或工作就会向前推进一步,随之又有新的问题产生,仍然需要以敏锐的问题意识及时发现它,研究它,解决它,从而推动社会和工作不断向前发展。有学者提出,历史无非是问题的消亡和解决,现实也无非是问题的存在和发展。

我国改革开放所取得的伟大成就,正是在有效地破解了一个又一个问题中取得的。然而,老的问题解决了,新的问题又产生了,诸如转型升级问题、公平正义问题、分配收入差距问题、生态环境问题、社会矛盾增多问题,以及腐败现象多发等,使我国面临一系列突出的矛盾和挑战。正是凭借强烈的问题意识,中央作出了全面深化改革的决定。

问题导向是人类文明进步的推动力。马克思说:"每个时代总有属于它自己的问题,准确地把握并解决这些问题,就会把理论、思想和人类社会大大地向前推进一步。"古往今来,人类总是在不断发现问题、研究解决问题的过程中前进。突出问题导向,首先是要看到问题,找准问题。问题是旧体制的突破口，也是新体制的生长点。改革进入深水区后，各种矛盾和挑战越来越多，人民群众的期待越来越高，这就更加要求在推进改革时，对问题必须看得清，找得准，摸得透，这样才能瞄准影响经济社会发展的全局性问题、制约转型升级的突出矛盾以及群众反映强烈的民生诉求，找准改革的推进重点，确保改革有序稳步推进。任何一项改革如果没有看清问题，没有找准问题，就会没有针对性，就会失去重点和方向，就会"眉毛胡子一把抓"，功倍而事半。因此，"看不到问题，是最大的问题"。

看到问题、找准问题，是为了研究解决问题。问题就是矛盾，矛盾无时不有、无处不在。解决矛盾和问题，会遇到各种困难和阻力，但不可以遇到难题就绕、就躲、就拖，而要主动迎接，认真应对，着力解决。勇于担当是马克思主义最重要的理论品质之一，是革命者最重要的人格力量。

总之，增强"问题意识"，突出"问题导向"，是干部必须具备的一种基本素质。要勇于发现问题，面对问题，不可遇到问题绕道走；同时，要善于分析问题，解决问题，不该有"本领恐慌"。它反映着一个领导干部的精神状态和思想境界，体现着一个领导干部的执政能力和执政水平。无视于问题的存在，无力于问题的解决，是有违改革者要求的。

2014.2.25

四

多些"面对面"

在群众路线教育实践活动中，浙江省民政厅的百余名处级干部深入基层单位，深入群众，查摆问题，听取批评意见，写出一批生动实在的"民情日记"，有效地促进了工作的改善。杭州市从市委常委到各部门领导深入基层"走亲"，更直接地感受到群众的困难需求和批评意见建议。

是不是深入基层，深入群众，对民情的了解是大不相同的。深入以后，原来看不清的问题能够看清，原来吃不准的事情能够吃准。它与一般从文件汇报中了解民情不同，是与群众"面对面"的接触。"面对面"，不再是"隔空喊话"，而是直接倾听到群众的呼声，并且能与群众作进一步交流，深入了解群众的意见和想法。同时，"面对面"，能增强直观感受，加强与群众的感情联系，缩小与群众的空间与心理距离。

在贯彻群众路线中，我们党一直强调要"下高楼，出深院"，特别是到艰苦的地区和困难的单位去，体察民情，了解民意，给群众办实事，为群众排忧解难。上门服务，下乡"三同"，访贫问苦，入户调查，以及一线救难等等，这些"面对面"的优良传统，体现着党与人民群众的血肉联系。

然而，"面对面"的好传统，近些年在一些干部身上被淡忘了。他们对群众的联系与了解，只是依靠文件和会议，不是"面对面"，而是"文对文""会对会"。随着现代通信技术的发展，一些干部过分依赖电脑电话，处理公务习惯于打电话、编短信、发邮件，遇事不到现场，不到群众当中，造成与群众的隔膜。

现代通信技术有利于提高工作效率，自然要运用。但是，技术只是技术，技术不能代替思想感情。干部所以要密切联系群众，是基于我们为人民服务的理想信念，基于"权为民所用、情为民所系、利为民所谋"的执政宗旨，这是不能依赖技术的，而是依靠高尚的精神信念。干部和群众"面对面"的背后，是"心连心，心贴心"。毛泽东说过："我们共产党人好比种子，人民好比土地。我们到了一个地方，就要同那里的人民结合起来，在人民中间生根开花。我们的同志不论到什么地方，都要把和群众的关系搞好，要关心群众，帮助他们解决困难。"如果不深入群众，不与群众"面对面"，满足于在办公楼里"文来文去""会来会去""电来电去"，怎么能"在人民中间生根开花"呢？

深入群众了解民瘼民智民情，过去常用一句话，叫做"下马观花"。就是说，要"下马"沉到群众之中。那种蜻蜓点水式的"走马观花"，是不行的。因为这犹如漂在水上的瓢子，并没有沉下去。如果连"马"都不"走"，不到基层和群众"面对面"，只是浮在上面"观花"，那"观花"云云只是一种假大空。

基于此，我以为，深入联系群众，一定要勇于与群众"面对面"。

2013.10.23

五
有形墙与无形"墙"

在群众路线教育实践活动中,群众反映突出的"四风"问题,有一项叫"门难进,脸难看,事难办"。这点,已经被中央列入教育实践活动的专项整治内容。"门"所以"难进",是因为有"墙",阻挡了干部与群众的联系。这个"墙",既有有形的墙,也有无形的"墙"。

有形的墙,就是政府大楼的围墙。政权机关在封建时代被称为"衙门",为了显示其高人一等和威严神秘,在建筑传统上一般有两个特点:一是恢宏华美,在当地建筑中呈鹤立鸡群状;二是深墙高院,戒备森严,"闲杂人员,不得入内"。这一打着封建印记的建筑传统,本不适合以服务人民为宗旨的人民政府办公楼的建造,但是,传统的影响力是巨大的。如今不少地方的政府办公大楼,不仅恢宏依旧,而且越来越豪华,成为当地"先富起来"的标志物。同时,高筑墙,多设岗,"出入皆奥迪,往来无百姓",使人望而生畏、生厌。通过教育实践活动,有些地方政府开始改变这种衙门式格局,拆除原有的围墙,以民为本,打开便利人民大众进出政府的大门。

据报道,甘肃河西走廊的敦煌、瓜州、临泽等地的政府办公场所,近年来在改造中都拆除了大院围墙。没了围墙,办公大楼随便进,群众办事、上厕所都行。原来的县委政府大院改造成广场和花园,群众三五成群,在里面聊天、锻炼。不再是"高墙围大院,进门查八遍",政府和群众的关系明显改善了。当地有些干部曾担心拆除围墙后，会引发安全事故。应当说，政府办公的安全与秩序，还是要有必要的措施来维护，但这不能成为用围墙来隔绝群众的理由。实践表明，敦煌等地政府推倒大院围墙后，并没有引发什么安全和秩序问题，反而受到群众的交口称赞。

有形围墙的出现，源于无形"墙"的存在，是政府工作人员缺乏公仆意识和群众观念的反映。记得在上世纪50年代"鸣放"时，就有人提出，要加强领导与群众、党与非党的联系，就需要拆除隔阂的"墙"，让墙内与墙外能够紧紧联系，声息相通。当时的所谓"墙"，主要指领导干部身上存在的脱离群众的官僚主义、命令主义、形式主义等思想作风，相近于现在所说的"四风"。习近平同志说，要打破把我们党和人民群众隔开的无形之墙。让权力与权利平等对话，政府与公众良性互动。破除无形的"墙"，就是要破除"官本位"，以民为本，亲民爱民，树立心系群众、服务人民的政风。有形的围墙本质上是无形"墙"的外化，当内在的高人一等的特权意识清除了，显示官威和霸气的围墙也就会少了；而"衙门"围墙的拆除，也有助于特权意识的清除。因此，有形的墙与无形的"墙"，都应当拆除，让官员与民众之间互通之"门"始终畅通着。

2014.2.6

六

不唱"独角戏"要唱"大合唱"

浦东开发开放以来,始终坚持物质文明和精神文明"两手抓""两手都要硬",2005年获评首批"全国文明城区",2011年成功复创为"全国文明城区"。"文明城区"称号集中反映了一个城区的经济发展水平、社会文明程度和综合环境质量。近日,为迎接新一届"全国文明城区"的复评工作,区领导实地检查了一些地区和单位的创建工作,总的情况是好的,同时也存在一些问题。检查表明,创建工作不能政府一家唱"独角戏",必须动员方方面面力量共同努力。

政府不唱"独角戏",这一说法生动而深刻。我们党和政府是立党为公,执政为民,一切为了人民,也一切依靠人民。创建文明城区,是为了更好地推进经济、政治、文化和社会各项事业全面发展,更好地提高城区文明程度和市民文明素质,更好地改善市民的生活环境和生活质量,让人民过上更美好的日子。人民群众满意不满意,人民群众有没有受益,是对文明城区评判的主要依据。而这一惠及广大市民的文明城区创建活动,也必须依靠广大市民的共同努力,方方面面都成为积极的参与者,才能得以实现。浦东一再获评"全国文明城区",正是贯彻了"从群众中来,到群众中去"的群众路线,没有唱"独角戏",而是"大合唱"的结果。

当今浦东的创评迎检工作,也正是以"和声合唱"的形式向前推进。政府、居(村)委、企事业单位,以及市民和志愿者,纷纷投身其中。小陆家嘴是一张城市名片,是很多游客观光的必选,但一度存在"四黑三乱"(黑导游、黑摄影、黑广告、黑车,乱设摊、乱兜售、乱停车)现象,城市文明形象受损。为整治这些乱象,浦东集合各方面的力量打"组合拳",成立陆家嘴综合管理领导小组,作为区属街管的常设机构,具体负责该地区的综合管理工作,组建了一支集公安、城管、交通运政、文化执法、辅助人员等各方力量的综合管理执法大队,同时与楼宇间互动共治,充分发挥了市民巡访团和各路志愿者的作用,经过方方面面力量的共同努力,有效地遏制了乱象。

实际上,不仅文明城区创建,其他各项工作也应当努力"大合唱"。因为现代社会的治理,需要充分调动各方面的力量,形成政府、市场、社会共同治理的新格局。

现代意义上的政府不是"全能政府",而是"有限政府"。政府不可能对社会事务大包大揽,该由社会自行管理的就交给社会。作为执政机关的政府,在组织推进各种事业的建设上,在发展硬实力和软实力上,在为人民谋福利上,都不宜唱"独角戏",而是要在众声"大合唱"中当好领唱人。

2014.12.18

七
想干事 能干事 干好事

马克思说:"一步实际行动胜过一打纲领。"这并非否定纲领的作用,而是强调行动的重要。世界上的事都是干出来的,纲领要通过行动才能变现,才具有实际意义。否则,再多纲领也只是一纸空文。这与"空谈误国,实干兴邦"是完全相通的。

近日举行的浦东新区区委三届六次会议,特别提到加强执行力建设的问题。会议指出,高度重视市委提出的"四个不适应"和浦东"四个反差"的问题,研究制定加强执行力建设的若干意见和执行力守则,切实提高党员干部的执行意识和执行能力。这就是说,要着力提高行动的能力,实际工作的能力,全面深化改革,有效地解决前行中的"不适应""反差"问题。推动经济社会和各项事业科学发展,既要有正确科学的决策,更要有坚强有力的执行。"路不走不到,事不为不成。"执行力是对终极效果的检验,执行力的强弱和工作效果息息相关。有委员在全会上说,回顾浦东开发开放历史,什么时候执行力强了,什么时候发展就会快。浦东要推进"四个中心"核心功能区和科技创新中心建设,提高产业国际竞争力,胜利地实施发展战略,最重要的是加强执行力。

加强执行力,就要积极行动起来,真抓实干,以"踏石留印,抓铁有痕"的精神推进各项工作。俄罗斯作家克雷洛夫说:"现实是此岸,理想是彼岸，中间隔着湍急的河流，行动则是架在河上的桥梁。"没有"真抓实干"这座"桥"，就永远达不到"理想的彼岸"。真抓实干，勇于涉险犯难，不"怕"字当头，不畏首畏尾，不遇事避重就轻，不碰到问题绕道走，为了国家的强盛和人民的幸福，勇于担当，鞠躬尽瘁，务求把事情做好。这种肯干的精神，是加强执行力的思想基础。

加强执行力，还要能干，增强干事的本领。要努力提高政治业务水平，提升发现问题、分析问题、解决问题的能力，改变那种照本宣科，只当"复印机""传声筒""二传手"的庸懦形象。同时，积极发扬创造精神，想别人所未想，见别人所未见，做别人所未做，提出新见解，探索新办法，努力解决常人或前人所未解决的问题，在推进改革开放大业中求卓越，争一流。

提高执行力，对干部来说，就是要"行胜于言"，想干事，能干事，干好事，在"干"字上做出漂亮的文章，对人民的期望交出满意的答案。

2014.9.16

八
人才就是未来

6月9日习近平同志在两院院士大会上指出：科技是国家强盛之基，创新是民族之魂。人是科技创新最关键的因素。我国要在科技创新方面走在世界前列，必须大力培养造就规模宏大、结构合理、素质优良的创新型人才。

国以人兴，政以才治。"万物之事，非天不生，非地不长，非人不成。"一切竞争归根到底是人才的竞争。古今中外，概莫能外。两千多年前的楚汉之争，刘邦之所以成功，就在于他重用贤能，如他自己所说，萧何、韩信、张良"三人皆人杰，吾施用之，此吾所以取天下"。而项羽有一范增却不能用，最后落得霸王别姬，乌江自刎。此后曹操的"唯才是举"，刘备的"三顾茅庐"，以及李世民的"以人为镜"等，说的都是成功者对人才的重视。1945年，盟军攻克了希特勒老巢柏林，在苏军忙着将德国的机械设备运回国的时候，美国却派了一批飞机到德国，将一批德国高级科学家作为战俘运到美国，经过考核，予以高薪聘用。这批高级科技人才，对美国战后科学技术突飞猛进的发展，起了很大的作用。对人才的重视高于对物资的重视，体现了孙子的"天地之间，莫贵于人"的思想，是一种卓识远见。

浦东新区开发开放二十四年来，之所以能取得举世瞩目的辉煌成果，也是由于秉承"人才资源是第一资源"的理念，大力实施人才强区战略，始终把发现人才、培育人才、引进人才、使用人才、凝聚人才放在重要位置，"以一流人才促一流开发"，坚持把资本集聚、产业集聚与人才集聚有效结合起来，推动经济社会快速发展。从倡导"识才有眼、爱才如命、用才有胆、惜才如金"的人才共识，到率先创立"市场洽谈、公开招聘"的人才机制；从营造"鼓励成功、宽容失败"的人才环境，到形成"事业凝聚人才、人才成就事业"的人才局面；从"打造人才核心优势、推动发展转型"的人才战略，到建立浦东国际人才创新试验区、浦东国际人才城，浦东新区在实施人才战略、构筑人才高地、增强自主创新能力、实施创新驱动发展的路上，不断呈现出靓丽的景致。

在习近平同志两院讲话前几天，6月5日，上海市委组织部长应勇和浦东新区区委书记沈晓明又对浦东人才工作情况作了专题调研。据报道，浦东人才资源总量从1990年的3.4万人（以中专文化程度为标准，占从业人员数的4.6%），跃升至2013年的121万人（以大专文化程度为标准，占从业人员数的40.6%）；人才队伍结构不断优化，第三产业人才比重达62%，境外人才不断增加，外国籍及我国港澳台从业人员近3万人。依托陆家嘴、金桥、张江、康桥等开发区，大量集聚国际化高端人才，带动产业经济和区域功能的提升。目前，区内金融人才超过16万人，航运人才12万人。大量海内外高端人才聚集，使浦东科技创新向世界前列猛进。

习近平说："人才就是未来。"我们要弘扬"萧何月下追韩信"的精神，善待人才。谁拥有人才，谁就拥有可期待的未来。浦东的"人才高地"越筑越高，其创新驱动发展的水平也必然会越来越高，永葆全国改革开放排头兵的光辉。

2014.6.18

九

做官是为了做事

为了全面深化改革，胜利实施浦东发展战略，浦东区委要求各级官员加强执行力建设，真抓实干，不务虚功，切切实实为人民做事。这里触及了一个"做官与做事"的关系问题。

有了官位，就意味着有了一个施展手脚的舞台，并拥有施展手脚相应的权力。没有舞台，没有权力，再有潜能的人，也难以施展抱负。做官是有利于做事的。真正想做事的人，不必讳言想做官。在民主政治中，有些人竞选"官位"，以便获取更多的做事条件，更好地为人民贡献自己的聪明才智，这是好事，不应加以非议，要与那些企图通过贿选等不正当手段，以圆个人做官梦的人区别开来。

但是，对执政为民的共产党人和革命者来说，"做官是为做事，而不能做事是为了做官"。在相当意义上可以说，做官只是一种手段，目的是为人民做事。倘若把做官作为目的，做事只是为了做官，那就是本末倒置了。有了这种本末倒置，社会上也就有了多种多样官员形象。有像焦裕禄那样"做官为做事"的官员，以人民之心为心，勤政务实，埋头苦干，为人民事业鞠躬尽瘁，胜而后已，死而后已。而那些以做官为目的的人，一旦捞到了官位，有些人就坐享官福，无所事事，无所作为，说空话，打官腔。有些人"为了做更大的官"，"做事"也特别卖力，不断地搞什么"政绩工程""形象工程"，但由于不是着眼于人民的利益,而是为了向自己脸上贴金,无实事求是之意,有哗众取宠之心,华而不实,好大喜功,做的事往往是短期行为,不计成本,表面上光亮亮,实际上是得不偿失,后患一大串,不是造福一方,而是遗祸一方。更有些鼠辈,以权谋私,贪污受贿,堕入腐败的泥坑,成为社会的蛀虫。因此,做官的不可不做事,做事则必须以人民的利益为出发点和归宿点,切切实实地"能为老百姓办点事"。这也就是清官廉吏和懒官庸吏以及贪官污吏的基本区分点。

官位的高低,虽然表示权力的大小,但是,人们对官员的态度,不是决定于官位的大小,而是决定于他们为人民做了什么,做了多少。即使是拥有同样的权力,评价也不一致。美国建国200多年,有40多位总统,但华盛顿的总统纪念堂只有林肯纪念堂、杰斐逊纪念堂和华盛顿纪念塔。后人对他们的评价,既看重他们曾经是总统,更看重他们在总统的职位上做了些什么。官位是重要的,但官位不等于成就、贡献。前者仅仅提供了做事的条件,到底能不能为人民做出漂亮的事来,则要看各人的志向和努力了。焦裕禄是一个县委书记,但一贯为人民做好事、办实事的精神,把官的光辉放射到极致。如同习近平同志指出的:他"过去是、现在是、将来仍然是我们党的宝贵精神财富,我们要永远向他学习"。相反,那些尸位素餐者,以权谋私者,即使官再大,人民也是厌恶的、鄙视的。因此,要立志为人民做大事,做官必须全身心地真抓实干。

2014.7.8

十

改作风与促改革相伴而行

近日在浦东新区党的群众路线教育实践活动总结大会上，市委常委、区委书记沈晓明同志指出，浦东教育实践活动的最大特点，是把改革与改进作风紧密结合起来，既以改作风带动改革，又以改革的方法解决作风问题。

这是一条具有普遍意义的经验体会。改革是一场深刻的社会变革，全面深化改革更是一场攻坚战，"打铁还需自身硬"，只有干部增强宗旨意识，切实改进作风，方能凝聚力量，将改革大业有效地推向前行。因改革而兴的浦东，作为全国改革的"排头兵""先行者"，面临"二次创业"的重任，正是在深入清除"四风"之害中，以过硬的作风开创了深化改革与"二次创业"的新局面。"意莫高于爱民，行莫厚于乐民"，理想信念的加强，改变了得过且过的混日子状态，增强了改革的动力。无私无畏，敢于担当，改变了求稳怕乱、安于平庸的心理，增强了改革的勇气。真抓实干，务求实效，改变了畏难情绪和空谈恶习，增强了改革的能力。

在改革的动力、勇气、能力得到加强的同时，一些干部原有的那种不想改、不敢改、不能改的想法，就得到有效的改变，从而凝聚了改革共识，集聚了改革力量，推动了浦东的深化改革，致使一些多年想解决而没有解决的问题，得到了切实整治。比如，针对群众反映强烈的食品药品安全监管不力的问题，在冲破思想观念障碍的同时，认真攻克体制机制的痼疾，突破利益固化的藩篱，上下联动、齐心协力推进市场监管体制改革，从而推动工商、质监、食药监"三合一"成立市场监管局，完善了综合执法体系，节约了执法成本，也提高了执法为民的实际成效。曾经被认为不可能完成的全年"拆违"任务，在转变作风改进整治措施后，可确保年内100%完成拆违任务。而在深入调查中动议建立的浦东地区工委，加强了新区层面的统筹协调，被基层干部亲切地称为"老娘舅"。这些都是改作风带来的改革成果。

不过，作风建设不可能毕其功于一役，深入解决作风建设中的一些问题，又必须在深化改革中不断解决。这是因为，一些问题涉及到权力的运行和利益的调整。拿形式主义、官僚主义的产生来说，固然与干部个人的作风修养紧密相关，也与体制不合理有关。今年5月，浦东新区推出"两个15%"改革计划，区级机关行政编制减少15%，先后有113名机关干部下沉到基层，这样，机关"瘦身"了，基层"强身"了，干部"健身"了，形式主义、官僚主义作风自然也就减少了。

作风建设永远在路上，改革也没有休止符。改作风与促改革将长期相伴而行。浦东新区把改革与改作风紧密结合起来的经验是辩证的，具有长久的生命力。

2014.11.6

十一
其身正，不令而行

中央政治局近日作出关于改进工作作风、密切联系群众的八项规定，体现了新一届党中央整顿改进作风的坚定决心。

作风问题不是小问题，而是关系革命和建设成效的大问题。1942年2月，毛泽东在延安作《整顿党的作风》报告，明确指出，"我们要完成打倒敌人的任务，必须完成这个整顿党内作风的任务。"今天，我们要全面建成小康社会，加快推进社会主义现代化，实现中华民族复兴，也必须完成整顿改进作风的任务。

八项规定既原则，又具体，其中一个突出亮点，是强调"抓作风建设，首先要从中央政治局做起，要求别人做到的自己先要做到，要求别人不做的自己坚决不做，以良好党风带动政风民风，真正赢得群众信任和拥护"。

党政机关和领导干部存在着作风不正的问题，虽然如毛泽东所说，"并不像冬天刮的北风那样，满天都是"，但这些年来也确实是经常遭到民间非议的一个问题。别的不说，单就"力戒空话、套话"来说，如今空话、套话就不时会撞入人的耳鼓。我曾仿效《反对党八股》的笔法，列出当前的"官八股"，即：空话连篇，言之无物；套话连连，了无新意；易真为假，假话不断；无的放矢，废话迭出；装腔作势，官味十足；公式僵化，语言无味；流毒社会，妨害革命；传播出去，祸国殃民。应当说，这些年来对作风不正的问题一直在抓,虽有效,但不大。现在,中央进而明确指出,"领导干部特别是高级干部作风如何,对党风政风乃至整个社会风气具有重要影响。抓作风建设,首先要从中央政治局做起。"中央带头践行,可以说是抓住了破题的牛鼻子。古人早就说过:"其身正,不令而行,其身不正,虽令不从。"身教重于言教呵!

"身教"所以重于"言教",在于它以实际的榜样,形成巨大的感召力和影响力,促使人们"见贤思齐",心悦诚服地按中央的号召,努力改进作风,密切联系群众。现在,中央既明确作出加强作风建设的规定,从组织角度,各级领导干部都必须遵守执行;同时又用自身的率先行动,以高尚的品性为大家做出表率。这样的"软""硬"两手结合,完全可以相信党风政风建设会奏出令人满意的凯歌。

2012.12.5

十二
让红脸出汗的批评成常态

王岐山同志近日在福建调研强调,要以严明的纪律推进全面从严治党。他说,党风廉政建设和反腐败斗争是全面从严治党的重要方面,但绝不是全部,不能把全面从严治党等同于反腐败,必须改变要么是"好同志"、要么是"阶下囚"的状况。

这不是弱化把腐败分子变成"阶下囚"的反腐败斗争,腐败是社会的毒瘤,打"虎"拍"蝇"的任务只会加强不会削弱,不获全胜绝不会收兵。然而,如王岐山所说,从严治党绝不仅限于反腐败,还要以严明的纪律造就一支廉洁、高效、可靠的干部队伍,保证绝大多数干部是"好同志"。如今最后沦为"阶下囚"的腐败分子,并非一开始都是"坏人",在发展过程中,多有个蜕变的过程,如果把纪律挺在前面,加强经常监管,使他们时刻受到制约、规劝、警示,也就可能使其悬崖勒马,避免成"虎"成"蝇",成为"阶下囚"。这就是说,对干部中的问题,要抓早抓小,防微杜渐,尽量少一些"秋后算账"。这是将反腐、防腐措施前置,体现了反腐斗争的进一步深入。

王岐山指出运用监督执纪有"四种形态":批评与自我批评要成为常态;党纪轻处分和组织处理要成为大多数;对严重违纪的重处分、做出重大职务调整应当是少数;而严重违纪涉嫌违法立案审查的只能是极少数。这"四种形态"构成从轻到重、从常态预防到非常态惩处的层层设防,以保证干部的每一步发展都受到严格监督、制约、规劝，那种要么是"好同志"、要么是"阶下囚"的状况就会得到改变。

在这"四种形态"中，要成为常态的批评与自我批评，应是每一位干部都亟须加强的。批评与自我批评，是我党的三大优良作风之一。毛泽东说："有无认真的自我批评，是我们党和其他政党互相区别的显著标志之一。"批评和自我批评是防身治病的利器，有了它就能"防范政治灰尘和政治微生物侵袭"，及时发现和纠正自身存在的缺点和问题，促进组织健康发展和干部健康成长，是我们党加强自身建设的重要法宝。可惜的是，由于好人主义、自由主义盛行，这一重要法宝近来被许多人丢掉了。自我批评难，相互批评更难，批评成为"哑炮""礼炮""空炮"。在党的群众路线教育实践活动中，习近平同志特别强调，要以整风精神开展批评与自我批评。他说，一些领导干部因违纪违法受到处罚，几乎都谈到班子内部监督不够，说没人提醒我，如果当年有人咬咬耳朵，也不至于犯这么大的罪。小问题没人提醒，大问题无人批评，以致酿成大错。正所谓"千人之诺诺，不如一士之谔谔"！据此，王岐山同志指出，批评与自我批评要经常开展，让咬牙扯袖、红脸出汗成为常态。如此有了积极的思想斗争，就能让干部防微杜渐，减少"阶下囚"的出现。

2015.9.29

十三
民主生活会竟成了演戏秀

开好民主生活会,是党的群众路线实践活动的一个重要环节。民主生活会要开好,关键在于认真开展批评和自我批评。多数地方与单位的领导层,遵照中央的要求,以揭短亮丑的勇气,以动真碰硬的精神,针对"四风"的形形色色表现,在民主生活会上,开展了积极健康的思想斗争。5月8日的兰考县委常委民主生活会就"真刀真枪,刺刀见红",使与会者的灵魂受到触动,充分体现了自觉革命的整风精神,受到社会的关注与赞扬。

然而,也有些地方和单位的民主生活会,却没有真正拿起批评和自我批评的武器,文过饰非,虚与委蛇,对上级放"礼炮",对同级放"哑炮",对自己放"空炮"。民主生活会虽然开了,对脱离群众的种种问题,对形式主义等"四风"问题,在思想上并没有真正的触动,只是为了向上级交待,在走一种程序,以形式主义反对形式主义。

为了防止在民主生活会上搞形式主义,在群众路线教育实践活动中,特设有督导组参加下级的民主生活会。照理说,压力应当化为动力,在民主生活会上认真开展思想斗争了。可是,有些单位为了蒙混过关,不露马脚,竟花心思事前先搞一个"脚本",对会议的发言内容、顺序以及各人的发言时间都设计好,单位班子成员一起演练,以便在督导组面前演好这场戏。脚本、彩排、演戏,可说是这些人以形式主义反"四风"的一个新创造,这种创造不仅无助于"洗洗澡,治治病",而只能暴露其病更重,污浊更多。

演戏自然瞒不过上级和督导组的法眼,这样的民主生活会并没有能蒙混过关,但它再一次说明,成功的民主生活会是有灵魂的,这个灵魂就是要以整风精神开展批评和自我批评。这需要参与者真情地投入,决不可照脚本演戏,将民主生活会变成一场秀。

2014.8.1

十四
有权不可任性

"大道至简，有权不可任性。"李克强总理5日在政府工作报告中的这句话，引发代表委员和全国人民的关注和热议。据报道，这句话是李克强总理在报告起草过程中亲自加入的。

"任性"，是近年流行的一个热词，源于有些人自以为有钱，想怎么样就怎么样，不拘礼法，恣意妄为，因而被称为"有钱就任性"。任性者是以为自己有资本可以放纵自己，为所欲为。"钱"是一种资本，"权"更是一种资本。《贞观政要》："自古帝王多任情喜怒，喜则滥赏无功，怒则滥杀无罪。"这就是最典型的"有权就任性"。该书指出这种任性会导致"天下丧乱"，必须引以为戒。我们今天的人民政府，执政为民，与封建王朝有着根本的不同，不过，"有权就任性"作为一种思想作风的流毒，却仍然存在。李总理提出的"有权不可任性"，对一切干部更好地践行为人民服务的宗旨，实现"权为民所用"，有着巨大的教育意义。

"有权不可任性"，就是说要依法行政，法无授权不可为。不可乱作为，更不可以权谋私。同时，法定职责又必须"为"，而且要尽力做好。那种"为官不为"和懒政怠政的行为，也是绝不允许的。总之，要有自我约束，依法行事，为之所当为，绝不"任性"妄为或不为。

握有权力的干部要做到"有权不任性"，需要提高思想觉悟，对权力心存敬畏,认识到权力是人民赋予的,必须取之于民用之于民,绝不能把权力私有化,要自觉地约束自己。要认识到人的行为有自由就有限制,而有限制也才会有自由。法律和道德是社会自由的保障,不守法纪,任性而为,也就践踏了真正的自由,无法正确运用权力。有此认识,有权也就不想"任性"了。同时,要通过各种制度加强对权力的监督,编织好制度的笼子,让有权者难以率性妄为。谁违反制度"任性"了,就让他"吃不了兜着走",使他们不能任性,不敢任性!

当有权者不想任性、不能任性也不敢任性时,李总理的"有权不可任性"的话也就全面落实了,依法治国的理念也就进一步地实现了。

2015.3.9

十五
不容"揽权婆婆"变为"甩手掌柜"

我国政府近年在简政放权中,大力进行行政审批制度改革,"把错装在政府身上的手换成市场的手",极大地减少了权力寻租,激发了社会活力。今年的政府工作报告继续强调要加大简政放权力度。

然而,在简政放权的过程中,也出现了一种"为官不为"的现象,该做的事不做了,该协调的不协调了,如民间所形容的,由"揽权婆婆"一下子变成了"甩手掌柜",以致一些事没人管了,造成了群众的办事难,引发了群众的不满。针对这一情况,今年的政府工作报告作了这样全面的表述:要"加大简政放权、放管结合改革力度"。就是说,在"放"的同时,也要重视"管"。

习近平同志在参加广西代表团审议时,听到陈武代表讲到广西自治区去年取消下放调整168项行政审批事项时,发问道:"取消多还是下放多?放到地市一级后还继续放吗?"陈武答:"根据实际需要,该取消取消、该下放下放。"习近平同志随即强调指出:"既要放也要接,'自由落体'不行,该管的事没人管了不行。"

简政放权不能成为"自由落体",一定要有人"接",有人"管",既放好放活,又尽职尽责,方能更好地释放社会和经济的活力,提高社会的治理水平。简政放权,对各级干部来说,不是肩膀上的责任轻了,而是要求更高更严了。

时下一些官员之所以由"揽权婆婆"变成"甩手掌柜",由原来的胡作为、乱作为变成不作为、少作为，除了认识上的问题，主要是缺乏责任心和公仆心。有的人过去"揽权"惯了，对"放权"心有不甘，遂消极对待"放权"后的工作。有的是鉴于工作要求越来越高，法纪越来越严，抱着"多一事不如少一事"的态度，以免犯错误受到处理。有的则是由于反腐后不能收外快收红包了，按着"大利大干，小利小干，无利不干"的逻辑，该管的不管，该做的也不做了。

干部成为"甩手掌柜"，不作为、少作为，是典型的懒政惰政，直接违背干部就要干事的要求，违背干部勤政为民、忠于职守的天职，其危害不亚于贪腐。在两会上，有多位代表委员列举了一些干部懒政惰政、为官不为给经济社会发展与民众利益带来的危害。是故今年政府工作报告首次提治"庸官懒政"，强调各级政府要切实履行职责，狠抓贯彻落实，创造性开展工作，完善政绩考核评价机制，对实绩突出的，要大力褒奖；对工作不力的，要约谈诫勉；对为官不为、懒政怠政的，要公开曝光，坚决追究责任。这就是说，人民的政坛既不容许"揽权婆婆"，也不容许"甩手掌柜"，该放的坚决放，该管的也要坚决管。

2015.3.10

十六
严惩"吹仕"

    5.8亿元的产值上报为44亿元,1.1亿元的主营业务收入上报为7.8亿元;停产的、未投产的、被兼并的,甚至连地址都找不到的企业,还在上报"产值"。据报道,湖南在全国第三次经济普查中抽查发现,一些地方统计造假严重,统计变成了"数字游戏",有什么需要就报什么数字,想怎么报就怎么报,有的虚涨百倍,实际数据还不足虚报数据的一个零头。

    统计造假是一个顽症。它的产生与官员的政绩考核体制息息相关。由于长期以来,以GDP论英雄,一些官员为了显示自己的政绩,纷纷在统计上弄虚作假,虚报产值。民间早就流传着这样一副对联:上联是"上级压下级,层层加码,马到成功";下联是"下级骗上级,层层掺水,水到渠成"。为什么要这样做呢?横批点出了要害:"数字出官,官出数字"。为了在官阶上能步步高升,就大玩起"数字游戏",在统计上造假。沿海一位民营企业家说,他在某县投资建了一个厂,县委书记逼着他们虚报产值,本来是2亿元的产值,非要报8亿元。后来这位县委书记调走了,县长当了县委书记后又要求他们以3倍的产值来虚报,还说:"现在是关键时刻,请帮帮忙!"这两位县委书记都是想靠"数字升官"的。

    统计是为了正确了解掌握全国经济情况,为科学制定政策提供必要的基础,更好地指导国家经济的发展。真实和准确是统计的灵魂和生命,虚假的统计则会给国家的决策带来严重的恶果。上世纪50年代的所谓大跃进，那时，水稻亩产仅几百斤，各地却竞放"卫星"，虚报产量，你说五千斤，我说一万斤，你说两万斤，我说五万斤，谁也不甘落后。真是"人有多大胆，地有多高产"。不过，这个"胆"，是胡说的"胆"，这个"产"，是牛皮的"产"。结果，造成了一个荒谬的时代，一段饥馑的岁月，这是沉痛的历史教训。是故国家《统计法》是严禁弄虚作假的，统计造假是违法违纪的。

同时，统计造假也严重损害了政府的诚信。诚信是立身之本，处世之道，也是兴业之基，治国之本。"人无信不立"，人人都不可失信，政府更应当守信。孔子把"信"看得比"兵"和"食"还重要。是故我们的人民政府十分强调要成为诚信政府。统计造假，也是严重违反政风政德的。

近年，随着改革的深入发展，我国经济已进入新常态，更加重视质量和效益，已经不再以GDP论英雄了，同时，随着反"四风"反腐败斗争的深入开展，形式主义、弄虚作假等歪风邪气也受到批判清算。尽管统计造假者的利益基础和思想基础都受到削弱，但是，"百足之虫，死而不僵"，清除这种弄虚作假、吹牛说谎的顽症仍需长期奋斗。这其中，要更高地举起法纪之剑，依法依纪惩处那些"吹仕"，"吹而优"不仅不能为"仕"，而且会受到法纪的制裁。如此现在出现的这种统计上"虚涨百倍"的"数字游戏"当可得到遏制。

2015.2.16

十七

为官避事平生耻

　　在全面深化改革中，浦东出色地扮演了先行者的角色。近期，国家发改委对11个国家综改实验区进行评估，总结出30余条成功经验，其中10余条来自浦东。面对骄人的改革成果，浦东区委清醒地看到当前工作中也存在不足，并概括为"四个反差"，诸如改革的创新认识和行动存在反差，"施工"方案和"施工"结果存在反差等等。究其根源，在于执行力弱化。区委副书记冯伟说，破解"四个反差"，关键在于强化落实，不断提升执行力。既要突出一个"敢"字，又要克服一个"怕"字。

　　此话点中了"穴位"。改革是一场革命，要破除一切妨碍科学发展的思想观念和体制机制弊端，特别是当前的全面深化改革，已进入改革的"深水区"，各级干部必须"敢"字当头，积极投身改革的大潮，以实际行动推动改革潮头的不断前行。用冯伟的话来说，就是要敢于担当、敢于作为、敢于攻坚，聚焦制度突破，推进开发开放。这里的要害，是不说空话，切切实实地在其位谋其政，任其职尽其责。要像习近平同志所指出的那样，坚持原则，认真负责，面对大是大非敢于亮剑，面对矛盾敢于迎难而上，面对危机敢于挺身而出，面对失误敢于承担责任，面对歪风邪气敢于坚决斗争。有了这种敢于担当的精神，必将化为一种强大的执行力，破除深化改革中的困难险阻，将改革大业不断引向前行。当前成功进行的浦东综合配套改革正印证着这一点。

　　要发扬"敢"字，就要克服"怕"字，两者相反相成。冯伟说："不能怕矛盾，怕担责，怕出事，怕得罪人。""怕"了，就会饱食终日，无所用心，"蹲着茅坑不拉屎"，不作为；或者是虚晃一枪，做做样子，并不切实解决问题，少作为。遇到矛盾更是绕道走，推诿扯皮，敷衍塞责。这样缺乏担当的干部，吃人民的饭，拿人民的钱，却不为改革出力，不为人民办事，也正是深化干部体制改革所要解决的问题。近来更有一些地方反映，有的干部借口中央出台八项规定要求严了、紧箍咒紧了，为自己不担当、不作为找理由，该抓的事不抓，该管的事不管，这样的消极怠工更是不能允许的。俗话说："为官避事平生耻。"对"避事"的官员，大家都可伸出手指刮他们的脸皮。

　　去"怕"字，不"避事"；扬"敢"字，敢碰硬，这样的勇气来自于心底的无私。无私则无畏。或者如一位哲人所说："有德必要勇。"勇于担当的背后是品格，是境界，是能力。

2014.9.26

十八

官员抄袭上级讲话的懒与庸

近日,山西省吕梁市交城县委书记李志安讲话稿抄袭遭举报。举报者称,李志安仅是将吕梁市委书记高卫东原稿中的"我市"改为"我县",并对细节稍做修改。据举报者统计,李志安的讲话稿超九成抄袭自高卫东的讲话。此事已得到证实。陈云发先生在《书记群众路线报告也抄袭》一文中,称之为"官场的奇景":"说明某些懒官,已懒到不肯动脑子的地步了,不知道这位李书记平时在忙乎什么?"

在党的群众路线教育实践活动的大会上,照抄照搬照念上级的讲话,没有本地区情况的分析,没有结合本地区实际的贯彻意见,表明这样的官员没有尽职尽责,双腿没有深入到群众当中,脑子没有认真开动起来,得过且过,浑浑噩噩。从懒官角度批评李志安现象,是敲到点子上的。

我想补充的是,所以照抄照搬照念上级的讲话,除了懒,还有庸的问题。他们水平不高,能力低下,畏难避险,不想有所创造,也无力有所创造,习惯于"等因奉此",安于做"太平官"。官员懒而庸,就像人们所描绘的泥塑木雕的菩萨一样,不但"四体无力""九(久)坐不动",同时也"两目无光""七窍不通",剩下的就是官架子的"八面威风"了。

有一种看法,以为官员只要不贪污受贿,不违法犯罪,就可以"稳坐钓鱼船",好官我自为之。这是一个认识误区。我们的官员,或者说干部,天职是为人民服务，人民供养他们，赋予他们权力，是要他们有所作为，把政府建设成责任政府、服务政府、法治政府，以积极的活动，为国家求富强，为百姓谋幸福。他们当然不能以权谋私，贪污受贿；同时，他们也不能尸位素餐，无所作为。人民的政坛既要反腐肃贪，也要治懒治庸。懒庸是一种很不好的作风病，总是伴生着形式主义、官僚主义的一套，在党的群众路线教育实践活动中，本属于要治的"病"，而李志安书记却在动员群众路线教育活动报告中公然犯这个"病"，这说明整治作风的不易。治懒治庸，反对四风，需要下猛药、出重拳，要在进行思想教育、营造"有位要有为"的风气同时，认真落实"能者上，庸者下""勤者上，懒者下"的干部政策。

2014.3.28

十九

处理群众诉求不能长期"在路上"

通过群众路线教育实践活动,"四风"在不同程度上受到了清除,干部的作风建设得到加强。然而,作风问题具有顽固性和反复性,形成优良作风不可能一劳永逸,克服不良作风也不可能一蹴而就,正如习近平同志所指出:"作风建设永远在路上。"

"作风建设永远在路上",就是说改变官僚主义、形式主义等漠视群众利益的不良之风,必须打好持久战,持续不断把作风建设引向深入,它是不应当有休止符的。不过,就解决具体民生问题,特别是处理群众各项急难愁的问题,则是要急群众之急,不能持久地"在路上"。上海普陀区委在开门听意见过程中,居民就说:"我们最担心的不是上面没有惠民举措,而是服务始终'在路上',迟迟落不到我们身上。"这种"在路上",形成了"末梢堵塞",使党的惠民政策迟迟不能落实,使群众的迫切需求得不到及时解决。

之所以出现这种异化了的"在路上"的现象,正说明作风建设没有抓好,缺乏"以百姓之心为心"的情怀,缺少勇于担当的责任意识。闵行区一居民小区附近违章搭建的养马场严重扰民,居民早有投诉,区联动中心先后5次受理并转相关单位和部门处理,但处理却长期"在路上",没有结果。究其原因,是有关单位和部门碰到矛盾绕道走,上推下卸,互相推诿,后来还是加强了责任意识,改变了拖拉推诿作风,通过"大联动"方式,解决了这一扰民的问题,结束了"在路上"的游荡。如今,群众的一些急难愁的问题被"在路上"搁置的多多。前天电视中还提到公路上的拖车费用虚高的问题,发生交通事故被毁的车辆,由交警叫来的拖车公司拖走,总是狮子大开口,动辄一两千元,车主往往是"人为刀俎,我为鱼肉",只能任斩。有关司机多次投诉,公安、工商、物价等部门也是推来推去,以致问题还是长期"在路上",得不到有效解决。

由此可见,对群众的急难愁问题,对具体的民生问题,需要及时处理,不能长期将其放"在路上",而要做到这点,则又是要让作风建设"永远在路上",不能有休止符。

2014.3.18

二十
不可以言代法，以权压法

去年底，我国正式宣布废止劳教制度，体现了对公民人身自由权的尊重，人们的欢呼之声犹在耳畔，随意非法羁押访民的"非正常上访训诫教育中心"的牌子，又在河南一些地方高高挂起。居民李胜朵曾被关入县训诫中心，工作人员"要求其签订保证书，否则无期训诫"。此事曝光后，被舆论称为"新型劳教所"，虽然换了瓶，装的还是"劳教酒"。

我国《宪法》规定："中华人民共和国公民的人身自由不受侵犯。任何公民，非经人民检察院批准或者决定或者人民法院决定，并由公安机关执行，不受逮捕，禁止非法拘禁和以其他方法非法剥夺或者限制公民的人身自由。""非正常上访训诫教育中心"对合法公民进行24小时不间断的训诫、警告和劝导教育，乃至"无期训诫"，显然已涉嫌触犯非法拘禁罪，是公然的违法之举。当问题被揭露后，奇怪的是一些相关人员却"法盲"似的不以为非，反振振有词地辩解为有上级的决定和"红头文件"为依据。南阳市卧龙区政法委书记赵英凯对《新京报》记者说，训诫中心按照上级的精神，逐级设置，训诫方式也是贯彻上级的指示要求，按照内部规定进行。南阳市委宣传部新闻科人员接受《法制晚报》记者采访时，也以"是省里的统一安排"为说辞。正阳县信访办人员在接受记者查询时也称"此事领导知道"。

领导决定，领导知道，甚至有上一级政府的"红头文件"，这个"非正常上访训诫教育中心"就能变得"正常"吗? 或者说就能减轻其严重的违法性吗? 答案是完全否定的。十八大报告明确指出:"党领导人民制定宪法和法律,党必须在宪法和法律范围内活动。任何组织或者个人都不得有超越宪法和法律的特权。"这就是说,任何组织和个人都不能凌驾于法律之上,任何以言代法、以权压法,不论是口头决定,还是"红头文件",都是不"正常"的、不允许的,都是需要加以清理清除的。

我国正在全面推进依法治国,法治是调节社会利益关系的基本方式,是社会公平正义的集中体现。切实保护每个公民的合法权益,是法制建设的根本任务。十八大对各级干部提出的提高法治思维能力的要求,就是要告别人治思维和权力思维,想问题、作决策、办事情,必须严格遵循法律规则和法定程序,必须切实保护人民权利和尊重保障人权,必须坚持法律面前人人平等,必须自觉接受监督,承担法律责任。"非正常上访训诫教育中心"涉嫌非法,其相关责任人,不论是哪一级领导,都应当依法依规处理。同时,需要通过此事加强法治教育,提高干部的法治思维水平和能力。法律之神是我们每个人都要崇奉的,有权的人,也不可以权代法,更不可持权枉法。

2014.2.14

二十一
官员运动会十分不宜

广西天等县最近举行了一场"副厅级乒乓球赛",参赛选手限定为"副厅级以上干部",遭到网民"吐槽"质疑。据报道,这一场非职业、非明星的乒乓赛事,竟在网上引来超十万的访问量,数千条跟帖,还有微博上的海量转发,在相当程度上,已发酵成为一起公共事件。

是什么引起人们对它如此关注呢?一是权的滥用;二是钱的滥用;也许还有三,就是权钱交易。

先说权。为什么要搞"副厅级乒乓球赛"呢?有人说,领导干部也要运动健身,有什么不可呢?确实,体育赛事除全民参加的全运会外,还有根据不同特殊群体组织的运动会,如残疾人运动会、青少年运动会、大学生运动会等,这是由于这些特殊群体的身体条件,在运动比赛上确有特殊需要。而官员在这方面并无什么特殊需要,他们完全可以"与民同乐",参加民众的体育比赛,之所以要按官级搞什么"副厅级乒乓球赛",是在封建的"官本位"思想指导下,要彰显高民一等的"特殊"身份。所以能这样做,则又由于他们手中有权,"有权能使鬼推磨",不该有的官员运动比赛也就一而再、再而三地出现了。它强化了"以官为本"的"官本位"思想,自然要受到钟情"以民为本"的大众"吐槽"了。

再说钱。广西各地的"副厅级以上干部",跑到天等县打乒乓,是要花路费、宿费、饭费的,临走每人还要拿一批礼品,也是要用钱买的。这不是又在乱花公款吗? 主办方辩解说,此次赛事费用不是公款,而是一家企业赞助了20万元。实际上,用公款组织官员运动比赛的事,并不鲜见,这里,姑且将费用认作是企业赞助的,问题是赞助商是"无利不起早"的,他们之所以愿意掏腰包,拍这些官员的马屁,正是看中了这些"副厅级以上干部"手中的权力,迟早是会"投桃报李"的。他们事后得到的"李",将远远大于他们投出的"桃"。而这些"李"正是这些官员凭借权力抛出去的公共利益。

而当这种由商人赞助的官员赛事,形成了一种变相的行贿与受贿,那么,社会上就会多了一种权钱交易的方式。

为了消除而不是强化"官本位",为了清除而不是助长腐败,为了加强而不是削弱与大众的联系,专门组织"副厅级乒乓球赛"这类领导干部的运动比赛活动,十分不宜,应该坚决刹车,不容再犯。

2012.9.14

二十二
是"真情"也是"矫情"

近来,有人提出,"八项规定"让公务员收入锐减,这在网上和一些平面媒体上引起热议。对"收入锐减"说,有人点头,称之为"真情";也有人摇头,认为是"矫情"。在我看来,它既是"真情",更是"矫情"。

说它是"真情","八项规定"出台后,公务员的不合规不合法的收入受到了查处和限制,这样,收入自然要减少,虽然不一定人人都是"锐减",但由于公务员多少都有点灰色收入和特权福利,经"八项规定"一卡,拿不到了,不"减"倒有点奇怪了。不过,这个"减"是"减其所当减"。至于公务员的合法的正当收入,包括职务工资、级别工资以及工作津贴、生活补贴,仍然是一分不少地照拿,何来"锐减"?所以会有"锐减"的感叹,说得不客气点,是对"八项规定"所张扬的廉洁自律精神还缺乏自觉的认同,还在留恋本不该收的"收入"。

有人觉得公务员工资不高,推行"八项规定"后,应当给公务员加薪。在广东"两会"上,就有代表提出这样的呼吁。公务员的工资,和其他职工一样,随着经济的发展,该加时当然要加。不过,公务员工资高不高,要看跟谁比。刚刚公布的数据显示,2013年,全年城镇居民人均总收入29547元,全年农村居民人均纯收入8896元。公务员的平均收入大大高于这一数字,与之相比,公务员工资不能说低。何况,公务员在养老、医疗等方面还拥有优待,总体说来，各方相加不会低于中间阶层的水平。说公务员收入低的，是在与高收入者比，与企业主和企业高管的收入比。广东那位代表就是这样在比的，他说："自己的职位到企业工作将是现在工资的四到五倍。"这也许是实情，但忘了一个基本原则："为官发财，应当两道。"为官的天职，是为公众服务，就要断掉发财的念想，要发财，要拿现在工资"四到五倍"的收入，那就请去经商发财吧。既想得到体制外的财富，又想保持体制内的好处，这是不可得兼的"鱼与熊掌"。

基于此，我以为，公务员应"真情"实意对待各种灰色不当收入的"减"去，以"收入锐减"乃至"官不聊生"的一类"矫情"话语表露不满情绪是不当的。

2014.1.22

二十三
"巧诈不如拙诚"

在中央党校培训部学员论坛上，中央党校常务副校长李景田近日有个讲话，指出一段时期以来，在中青年干部中走捷径、讨巧的倾向有所发展，且有成风之势。

巧，从正面讲，指的是机巧、灵巧、精巧、智巧，这样的巧，是人们所追求的，巧匠、巧工、巧士、巧妇，是人们所赞美的。是故每年七夕日，民俗在祝贺牛郎织女鹊桥相会的同时，妇女们往往对月穿针，向织女乞讨智巧。七夕节也称为七巧节。

不过，巧也有负面意义。巧舌、巧佞、巧诈、巧伪，则是人们所厌恶的，巧言令色、巧取豪夺之徒是人们所痛恨的。是故唐末宋初的杨朴在一首题为《七夕》的诗中，对不分青红皂白的"乞巧"提出了不同的意见。诗云："年年乞与人间巧，不道人间巧已多。"

"巧已多"的巧，就是那些负面的乖巧、奸巧、讨巧与投机取巧之类。

我国历史上多虚伪不实、奸诈机巧的"巧宦"，如今在部分官员中盛行的讨巧之风，就是对这种历史渣滓的继承。其表现形态可分两种：一是巧诈型。为了能向上爬，给自己脸上镀金，工作上不惜制假造假，劳民伤财，大搞形象工程、面子工程。人事关系上善于阿谀奉承，好走"上层路线"，以求"好风凭借力，送我上青云"。这样的奸诈人，往往风风火火，富于"开拓"精神。

另一种是巧伪型。他们奉行"好人主义"，多栽花，少种刺，明知不对，少说为佳，一味明哲保身，考虑的是人缘与选票。"遇着问题绕道走，碰到是非往外推"，没有担当，为了不出错宁可不干事。这种巧伪人装成平和的"老好人"，实则是私心很重，极不老实，极不"好"，是"乡愿"，是"德之贼"。

巧诈也好，巧伪也好，耍的都是巧言令色、投机取巧的一套把戏，都是有"哗众取宠之意"，而无"实事求是之心"，从根本上违反了党的实事求是思想路线。在以为人民服务为宗旨的干部队伍中，绝不能让这种讨巧之风滋生蔓延。古谚云："巧诈不如拙诚。"人民公务员必须以诚为本，绝不可以"巧诈"行事。只要官场诚意浓，干部都不做"巧宦"，也就不惧"人间巧已多"，也就能让社会上的巧诈、巧伪、奸巧、讨巧之风得到控制与清除。

2014.7.15

二十四
莫让公权陷入"塔西佗陷阱"

报载：郑州市"房妹"案主角瞿振锋已被刑事拘留。近日网上爆料称"郑州市二七区房管局原局长瞿某的女儿在一经适房小区拥有11套房产"，此事迅速在网上发酵，并查出"瞿振锋一家四口皆有两个户口，全家共拥有29套房"。

瞿振锋的贪腐问题早有暴露，2011年曾受到党纪政纪处分。现在看来，当时的处理并未到位，如今由检察机关立案查处，表明"法网恢恢，疏而不漏"，欠账总是要还的，贪腐分子逃避不了应有的惩罚。

不过，现在对该案的议论并未平息，集中在郑州房管部门在"房妹"案发后的表态。当时，他们声称"房妹"与局领导没有任何亲戚关系，瞿某所购的房屋并非经适房。言之凿凿，一副"辟谣"的架势。然而，事实证明，"辟谣"者是在说谎。"谣"者，没有根据的传言也。击碎它最有力的武器，是将真相公布出来。作为政府部门，对涉及自身的传言，如系谣传，是应当给予回应与澄清的。而如果传言属实，那就不是"谣"，不仅不应当"辟"，而是应当老老实实地承认，并在自己的职责范围内，认真加以调查处理。如今，郑州相关房管部门却知情说谎，把真的说成假的，颠倒黑白，公然发布"谣言"，严重败坏了公权力的公正性与公信力，对此，应当严肃问责，不可轻轻放过。

政府机构对一些举报事件虽知情却说谎，郑州房管部门并非个案。前些时候，昆明市发改委在"艳照门"事件中，对涉案官员先说"查无此人"，后又称"照片都是PS的"，在无法抵赖确系此人以后，又称该官员是"因色诱失身"。种种解释都是为了掩盖事情的真相，为涉案人开脱。然而，纸是包不住火的。特别是在网络时代，人人都拥有发言的平台，真实的信息是难以封锁的，谎言的脚就更短了。那些或因"官官相护"，或因"你中有我，我中有你"，或因要"维护形象"，而对公众举报事件蓄意说谎的一些政府部门，不仅平息不了公众的质疑，只会引发公众的反感，严重损伤政府的公信力。

古罗马有位著名政治家，名叫普布里乌斯·克奈里乌斯·塔西佗，他有句名言："当一个部门失去公信力时，无论说真话还是假话，做好事还是坏事，都会被认为是说假话，做坏事。"这句话被称为"塔西佗陷阱"，成为西方政治学的定律之一。实际上，我国"狼来了"的寓言，讲的也是这个定律。没有狼来谎说狼来了，以假为真，几次三番以后，真的狼来了，人们也不相信了。这就叫做"假作真时真亦假"。公职人员对公众举报事件掩盖真相，知情说谎，严重消蚀了公众对政权的信任，败坏了政府的威信，将会使政府丧失公众的支持，一事难成。为维护公权力的权威性，莫让政府部门陷入"塔西佗陷阱"，对郑州市房管部门这类公然以谎惑众的做法，必须严肃问责，认真处理，以儆效尤。

2012.1.7

二十五
庸是"内伤"也是"硬伤"

近日,湖南衡阳破坏选举案一审宣判,计有69人获刑罚,其中湖南省政协原副主席童名谦犯玩忽职守罪,被判处有期徒刑5年。童名谦在担任中共湖南省衡阳市委书记、市人大换届领导小组组长期间,作为换届纪律第一责任人,在衡阳市选举湖南省第十二届人民代表大会代表前后,面对拉票贿选问题,采取不听、不管、不查的态度,致使发生这一严重破坏选举案。

在获刑以前,童名谦已被开除党籍、开除公职。受到"双开"处分并获刑的官员,过去多是由于贪污受贿,以权谋私,而童名谦则是十八大后首个因"玩忽职守"被严惩的省部级高官。根据刑法界定,玩忽职守是国家机关工作人员"严重不负责任,不履行或不正确地履行自己的工作职责,致使公共财产、国家和人民利益遭受重大损失的行为"。这就是说,童名谦的获罪,不是由于贪,而是由于庸。人民的政坛,既要加强廉政建设,铲除贪污腐败,同时也要加强勤政建设,不容庸碌无为。依法严惩玩忽职守的童名谦,表明我们党对吏治的追求并不止于打击贪污腐败。

有些人对庸官多多少少抱有原宥的态度,认为他们并不像贪官那样是政治机体上的"硬伤"。实际上,"庸"就是"硬伤"。什么叫"硬伤"?指的是那些十分明显,一看便知的毛病。贪官的贪污腐化,不容置喙的是"硬伤";庸官的不作为、不负责任,"平平安安占位子,忙忙碌碌做样子,疲疲沓沓混日子，吃吃喝喝捞票子"，根本有违从政之道，有失为官之责，也是清楚不过的"硬伤"。尸位素餐，无所作为，不求有功，但求无过，对群众疾苦和诉求视而不见，麻木不仁，遇到矛盾绕着走，或者水平不高，能力低下，而又渴望表现，急于求成，热衷搞一些违反科学发展的事情，结果不仅无助于廉洁、高效、公正、优质政府形象的建立，却常使一些社会问题日积月累，由小变大，由大变炸，害国害民。童名谦的"不听、不管、不查"态度，使得衡阳的贿选活动迅速发展，一发不可收拾，成为我国人大制度建立以来发生的最严重的破坏选举案，造成极坏的影响。因此，庸官的危害并不庸凡，不可轻视忽视。对饱食终日、无所作为的庸者，应按照"能者上，平者让，庸者下"的原则，让其下马，而对其中造成严重后果的，必须像对童名谦那样，依法惩处。

有人说庸官只是"内伤"。这样认识也是不科学的。实际上，贪官与庸官，都既是外露的"硬伤"，同时也都是机体中的"内伤"，危害都大着呢！社会的健康发展，人民幸福的缔造，容不得贪官，也容不得庸官，肃贪与治庸必须双管齐下。

2014.9.6

二十六

懒政是一种"呆腐败"

从政既要廉政，还要勤政。为了廉政，要反腐肃贪；为了勤政，要治懒去庸。反腐，就要打"老虎"，拍"苍蝇"；治懒，就要治懒官，治庸吏。当前，在重拳打击腐败的同时，也需要用猛药治"懒"。

官懒，或者说懒官，在其位不谋其政，饱食终日，无所用心。尽管改革发展任务艰巨，诸多民生问题等着解决，有许多工作需要去做，懒官却不尽责，不努力，悠哉游哉，"一杯清茶、一根烟、一张张报纸看半天"。一些地方纪委在专项检查中发现，有的公务员上班迟到早退，有的上班玩游戏、看视频，更有甚者，有基层地税所上班时间大门紧闭，所长在办公室睡觉，当听到有业务需要办理时，要来人第二天再来。还有些官员中午外出喝完酒后，就找地方去打牌娱乐去了。古有"尸位素餐"之说，讲的就是这些空受俸禄而无所作为的懒官庸吏。这在封建社会难免，而在今天则是不能允许的。既然是人民养活、以为人民服务为宗旨的公务员，就要尽职尽责，勤奋工作，有所作为，而不可"疲疲沓沓"，做了和尚却连钟都不撞。

也有些懒官不时也撞几下"钟"，虽非"饱食终日"，但却少有"用心"，在工作上浅尝辄止，做表面文章，办事拖拉，效率低下，把方便留给自己，把麻烦甩给群众，遇到问题绕道走，碰到问题往外推。当今，改革进入深水区，需要啃"硬骨头"，民生问题众多，需要深入体察民情，为群众排忧解难。这要求官员"以百姓之心为心"，积极进取，勇于开拓，敢于担当，攻坚克难。不"用心"的少作为、慢作为，是"不作为"的一种变种，一样要在治懒中加以清除。

也有些懒官不是不做事，而是乱做事。他们懒在不调查研究，不深入实际，水平不高，能力低下，却又急于求成，渴望表现，因而常常凭借手中的权力乱作为。许多劳民伤财、遗祸无穷的"形象工程"，有些是想从中捞好处的贪官干的，有些则是懵懵懂懂的懒官庸官干的。因此，治懒，在治"不作为"的同时，也要治"乱作为"。

有一种看法，以为官员只要不贪污受贿，不违法犯罪，就可以"稳坐钓鱼船"，"好官我自为之"。这是一个认识误区。我们的官员，或者说干部，天职是为人民服务，人民供养他们，赋予他们权力，是要他们有所作为，把政府建设成责任政府、服务政府、法治政府，以积极的活动，为国家求富强，为百姓谋幸福。他们当然不能以权谋私，贪污受贿；同时，他们也不能"尸位素餐"，无所作为。何况，贪腐和懒庸在思想上都是背离了群众观念，有人说，官场上的懒庸现象也是一种"呆腐败"。因此人民的政坛既要反腐肃贪，也要治懒治庸。在群众路线教育实践活动中，各地都将治懒作为整顿作风的一个重要内容，那些滥竽充数、无所作为的东郭先生和自以为是、乱作为的马谡式人物，在政坛上必将越来越难存活。

2014.3.21

二十七
改革者勇于"拿刀割自己肉"

公安部、国家质监总局日前联合出台机动车检验新政,共18条改革措施,其最大亮点,在于改革者勇于拿自身利益开刀,这突出体现在其中的第3条措施:"公安、质监等政府部门及下属事业单位、社会团体一律不得开办检验机构,公安民警、质监部门工作人员及其子女、配偶不得参与检验机构经营。"并要求已经开办的,于9月底以前必须彻底脱钩。

多年来,很多车检机构都是公安、质监部门及其下属单位开办的,或者与政府部门、官员及家属有着千丝万缕的联系,这不仅导致车检行业垄断经营,而且滋生权力寻租和腐败,损害了车主的权益。这次出台的车检新政,其中包括私家车6年免检制度,以民众意愿为导向,以放权和让利为中心,政府逐步退出不该管的领域,还权于民众和市场,因而赢得社会的一片叫好声。

简政放权,减少审批,是政府管理体制改革的中心。然而,"政"难"简","权"难"放",是因为"权"和"利"往往结合在一起,简政放权在很大程度上就意味着政府的非税收入的减少,政府利益直接分配者的角色退化,也意味着一些权力部门人员自身权力寻租的空间缩小,就像车检新政实施后,有关公安质检部门就再不能以此作为"小金库"了。汪洋同志说,政府改革是要破除政府自身不合理的利益格局,"如果说30年前改革解决的是意识形态问题,那么现在就是利益问题,改革实际上就是拿刀割自己的肉"。

"意识形态问题",指的是改革初期需要解决的观念问题,在当时的时代条件下,首先要解放思想,拨乱反正,触及灵魂,方能有效地推进改革。而后随着改革的推进,就愈来愈涉及利益了。利益是人们难以割舍的,改革不管动了谁的奶酪,都会遇到阻力。李克强同志说,"触动利益往往比触及灵魂还难",改革由此进入了深水区和攻坚期。

其所以成为深水,还由于不是触动一般人的利益,而是政府部门的利益。初期的改革,尽管主要是"触动灵魂",但也触及到一些利益,像一些工人在企业改革中被下岗,但受影响的主要是一般百姓,而现在的改革深入到政府体制,深入到官员,深入到主持改革者自身了。这就需要政府部门和官员以人民利益为重,摆脱利益的羁绊,发扬自我革命的精神,以"壮士断腕"的决心,简政放权,将改革推向深入,破解政府部门的利益格局,让全社会受益,让人民大众高兴,绝不能因为改革触动了自己的利益而不作为、慢作为或假作为。公安、质检部门推出的车检新政,很好地显示了改革者勇于"拿刀割自己肉"的精神,得到人们的热烈赞同,也为深化改革树立了一个标杆。

2014.6.4

二十八
松松垮垮是执行力的大敌

信访中的问题，往往因涉及多个部门，容易遭到"踢皮球"的命运，引发群众不满。浦东新区环保市容局的信访接待工作，经过党的群众路线教育实践活动的洗礼，呈现出"三个转变"：从以往的解释转变成解决，从被动转变成主动，从上访转变成下访，赢得百姓称赞。这一转变，一方面是由于实行了"一口受理、专人专办、督办到底"和后备干部信访接待的新机制，另一方面也是由于信访干部增强了宗旨意识，真抓实干，工作到位。"民有所呼，我有所应"，显示了一种很强的执行力。

为了更好地担当"二次创业"使命，浦东近年来十分强调加强执行力建设。执行力的加强，需要进一步完善各种制度，让干部的能量充分发挥出来，但执行力最终要从执行者身上体现出来。每个干部都应忠于职守，勤勤恳恳，兢兢业业，敢于担当，勇于克难。松松垮垮，软弱涣散，是无法加强执行力建设的。

加强执行力建设，要求干部爱民勤政，奋发有为。那种饱食终日、无所用心的"不作为"，消极怠工、纪律松弛的"懒作为"，推诿拖延、效率低下的"慢作为"，以及庸庸碌碌、乱作主张的"庸作为"，都是信念与责任缺失的表现，非但无法加强执行力建设，而且只会破坏党和政府与群众的联系，损害党和人民的事业。

"业精于勤荒于嬉"。加强执行力建设，需要增强为民尽责的公仆情怀，发扬忘我工作的敬业精神。松松垮垮，软弱涣散，是执行力的大敌。

有些干部认为自己没有贪污受贿，做做安逸的"太平官"没有什么大问题。实际上，这样的"为官不为"，完全违背了"做官是为了做事"的宗旨。为官不但要清廉，同时也必须勤奋。魏晋时的司马昭曾说过下面的"为官之道"："为官长者当清、当慎、当勤，修此三者，何患不治乎！"用今天的话说，当清，就是要公正无私，清廉如水；当慎，就是要兢兢业业，求真务实；当勤，就是要忠于职守，艰苦奋斗。近来多地向"为官不为"的干部亮剑，一批"廉而不勤"的官员受到处分，就是加强执政力建设的表现。

2014.12.5

二十九
"有所应"后"有所为"

在今年的上海"两会"上,德甄代表反映了合庆镇老妈妈黄月琴的呼声:改变当地环境恶化的情况,让合庆镇天蓝水清。德甄说:"黄妈妈希望有生之年能看到这里的变化。"在场的市委书记韩正当即回应说,上海一些郊区确实有环境恶化的趋势,虽然这些年通过整治有所缓解,但依然不容乐观。我们决不能以牺牲环境为代价来发展,合庆镇必须改变面貌。他感谢德甄将黄妈妈的心声带进"两会"。

合庆镇是德甄代表的基层联系点,通过上述呼吁,我们看到人民代表认真履职,积极反映社情民意,同时也看到党政领导干部认真倾听民意,做到了"民有所呼,我有所应"。民众、代表、政府,在这里形成了一种环环相扣、有问有答、互相呼应、沟通和谐的政通人和局面。

事情还在发展。紧接着"民有所呼,我有所应",还必须做到"民有所求,我有所为"。记者从浦东有关方面获悉,今年浦东将启动"产业结构调整淘汰落后产能三年行动计划",通过产业升级治理农村环境,其中黏土砖、印染、金属压延三个行业将率先退出历史舞台,而合庆镇是此次浦东产业结构调整的重点区域之一。目前,一家大型砖瓦厂已经停产,困扰附近村民多年的空气污染、河道污染问题,开始得到解决。今年,还将有13家高污染、高能耗的企业陆续停产关门,力争早日还村民蓝天碧水,黄妈妈的心愿完全可以实现。

浦东改革开放以来，经济建设迅猛发展，社会生态环境建设也上了一个新台阶。现在，浦东绿地总量1.25万公顷，"绿肺、绿轴、绿环、绿网"的绿地框架和生态景观初步形成，获得"国家环境保护模范城区"称号。但由于前些年经济粗放式发展，带来生态上的一些恶化。为实现环境治理的目标，浦东正大力加强产业结构调整，目前，已有412家企业列入浦东重点调整行业企业，其中印染和金属压延企业68家，四大工艺（电镀、铸造、锻造、热处理）企业190家，化工类154家。这些企业大多集中在农村地区和市郊接合部，调整之后，这些地区的环境有望大幅改善。

浦东既有最现代化的城区，又有大片的乡村、滩涂、河流等自然景观，亦城亦乡，滨江临海，有着独特的区位优势。浦东政府有着强烈的生态保护意识、科学发展理念，在今年的政府报告中率先淡化GDP指标，强调科技创新、转型升级和改善民生。只要紧紧依靠群众，对民众的诉求"有所应""有所为"，就能率先将浦东建成美丽家园，也成为生态文明建设的排头兵。

2015.11.29

三十
从"代写之风"看形式主义之风

　　年终岁尾，各单位都会增添一项事务，就是总结工作。干了一年，总结回顾一下，看看取得了哪些成绩，存在什么问题，有什么经验教训，思考一下新的一年努力方向，不论对单位或个人来说，都是必要的。不过，如同做其他的各种工作一样，工作总结也要求真务实，不做表面文章，不搞形式主义。

　　然而，现在的一些个人的年终总结，不仅没有从自身的实际出发，只是一些套话空话的演绎，而且不少是花钱请人代写的。这样，催生了一种"代写总结"的灰色产业，每到年终岁尾，生意特别火爆。据新华社记者报道，在搜索引擎输入"代写年终总结"，相关结果多达64万条，其中大部分是专业代写网站。在淘宝网上，共有200多个"代写总结"的网店，这些卖家的收费普遍在千字80元至千字200元不等。尽管价格不菲，"代写总结"的生意却十分红火，许多网店近一个月的成交量已达上千笔。"各行各业、各级领导的总结我们都写过，都是专业写手，质量有保证，可以修改到您满意为止。"一家名为"金笔代写中心"网店的客服人员说，进入12月后，他们工作室的业务尤其繁忙，平均每天能接30多笔生意。

　　这样由别人"代写"出来的"总结"，不仅完全失去了总结的意义，而且严重助长了弄虚作假的坏风气。之所以如此，自然是与当事人的道德缺失有关。为了应付上级，也为了通过总结能把自己包装得漂亮些，将自己一年以来的业绩表露得好些,能给上级一个好印象,他们宁愿花钱雇用这方面具有作伪技巧的"枪手"操刀。这种借"枪手"在总结上造假,与在学术考试上借"枪手"造假,是一根藤上的孽种,应当坚决予以清除。

不过,代写总结市场所以会"供销两旺",并不能仅仅归咎于个人的道德品质问题,主要还是一些单位以形式主义态度布置年终总结,他们不顾实际情况,不求实际效果,动辄要求员工写满数千字的年终总结,成了一些员工年终一件头疼事。重庆某机关单位的公务员刘旭(化名)正在为4000字的年终总结而发愁。他说:"在党政机关工作很多年了,年终总结年年写,年年发愁,每年的工作都千篇一律,要凑够字数,还不能与往年的总结雷同,真是不容易。"没办法,最后只得花钱买轻松,请"枪手"去舞文弄墨。而这样舞文弄墨编造出的"总结",不可能真实反映情况,不可能起到总结过去、思考未来的作用,而交上去以后,也少有被认真对待,从头到尾不过是演了一出形式主义的把戏。因此,清除工作总结上的造假,清理"代写总结"的灰色产业,除加强员工思想道德建设外,主要还是要大力清除形式主义之风。

形式主义是我们所要反对的"四风"之首,近一时期,在群众路线教育实践活动中,人们已多方面给予清理批判,比如"形象工程""政绩工程""文山会海""短命文章"等等。然而,形式主义犹如冬天的西北风,会从各个角落"吹"过来,无孔不入,像"年终总结"这一不大为人们注意的环节,它也没有放过。这表明,反对形式主义之风,反对"四风",任重而道远,不能有任何的放松。

2013.12.23

三十一
请勿"踢皮球"

在群众路线教育实践活动中,不少官员在征求意见中,都听到百姓的一个强烈要求:不要"踢皮球"。

践行群众路线,转变工作作风,贵在真心实意地倾听群众呼声,急群众之急,解群众之困。然而,有些问题群众早就发出了呼声,政府有关人员却充耳不闻,而当群众直接找上门时,又往往采取"踢皮球"的态度,推诿责任,把问题之"球"踢到别的部门,而别的部门则又踢给另一个部门,老百姓跟着踢来踢去的"球"转,跑断腿,磨破鞋,最后也常常落得无果而返。

百姓的一些呼声,有时通过人民代表与政协委员发出,本应得到更大的关注,但也往往会被当作"皮球"在"踢"。温州市一些人民代表在一次食品安全质询会上,要求杜绝地沟油上餐桌,以保障百姓的饮食健康,在座的有城市工商、质监、环保、城管以及食品安全等政府部门负责人,却没有一家勇敢站出来担责,有的说自己只管审批,有的则强调监管的主要责任不在自己,总之,以"边界不清"为由互相推诿,质询的现场竟成了球来球去的"踢球场"。也有些代表、委员将民意通过议案或提案的形式提出,这些法定的议案提案倒是被当成一回事,在有关政府部门转来转去,最后都还有个答复,但是,有些答复也是"这事不属职责范围",还是把"皮球"踢了出去。从有问必答、有呼必应的角度来说,对议案、提案的处理,似乎是认真的，但这种认真的"踢皮球"与随意的"踢皮球"，本质并无两样。这种"伪认真"，无助于增强与群众的联系，而只会损害政府的公信力。

难怪有人讲调皮话：拯救跌入低谷的中国足球，不妨精选一些善于"踢球"的官员上场。

"踢皮球"，使一些民众切身的问题，陷于推诿扯皮的漩涡，难以即知即改。诸如"8个部门管不好一个摊点""13个部门管不好一桌菜的安全""5个部门解决不了一处建筑垃圾"等现象，就会严重挫伤群众的期望，削弱党与政府和群众的联系。民有所呼，我有所应。对待民众的呼声，可不能"踢皮球"呵！

考察"踢皮球"现象的产生，确有职能部门"边界不清"的影响，需要在管理体制上深化改革，务求更为科学合理，不过，面对群众的诉求应当如何处理，相关的制度是早就有的，如岗位责任制、服务承诺制、限时办理制以及首问负责制等等，内中贯穿的一个基本精神，就是为民服务与对民负责的意识。面对群众的呼声与诉求，如果具有强烈的服务意识与责任意识的话，即使职责上一时"边界不清"，但与自己总有关联，就应以一种主动担当的态度，积极地会同有关部门，千方百计加以解决，而不是一"踢"了之。

"踢皮球"，"踢"掉了党的为人民服务的宗旨意识，"踢"掉了党的密切联系群众的传统，"踢"掉了党的求真务实作风，这样的"球"是再也不该"踢"下去了。

2013.9.27

三十二
再不要搞"龙头虚"了

形式主义,是正在开展的群众路线教育实践活动所要解决的"四风"之一。

在该活动正式启动前,上海市委通过调研收集了大量市民与基层干部的意见,其中对形式主义的批评,不少人用上海俗语说,再不要搞"龙头虚"了。田林街道华鼎居委会书记周慧珠用"好事办不好""好心办坏事"来描述那些"龙头虚":"比如形形色色的创建活动,原本都是为了提高居民的生活质量,却往往搞得老百姓心里很腻味。原因就在于,这些活动的检查评比只从便利机关和干部的角度出发,最终把'创建'变成了领导要做而不是群众需要的事。"

"龙头虚",追求表面轰轰烈烈,看似"龙头"老大,实则却是"虚"的,用虚力,务虚功,不求实效。上海人形容那些哗众取宠者,是"掼浪头,有浪头没浪花";斥责那些虚假作伪者:"侬五劲吼六劲地啥,龙头虚!"

"龙头虚"一词,在沪语中由来已久,系从"龙头须"转化而来。它表明哗众取宠、华而不实的风气,早为百姓所厌恶。

中国共产党以为人民服务为根本宗旨,遵循实事求是的思想路线,历来强调求真务实,真抓实干,不做表面文章,不搞花架子,不图虚名,不弄形式主义。正是弘扬了为民服务与实事求是的精神,我们党始终与群众保持着血肉联系,取得了一个又一个的胜利。然而,由于旧习俗的影响、制度的缺陷及世界观、人生观的偏颇,形式主义仍在社会中存在,以致一些党员干部在工作中仍热衷于"龙头虚"。

"龙头虚"者,只图虚名,不重实效,爱做表面文章,由此产生各种各样的"形象工程"和"政绩工程"。

"龙头虚"者,急于求成,追求"速效",喜做短命文章,由此产生许多后任要为前任"擦屁股"的事。

"龙头虚"者,习惯于用会议落实会议,以文件贯彻文件,乐做空头文章,由此产生了文山会海,迎来送往。

"龙头虚"者,眼向上,轻民意,擅做"唯上"文章,由此产生了许多只对上负责不对下负责的现象。华鼎居委会书记周慧珠所说的文明小区创建的变味,就是不"以民为本"而"以官为大"所带来的异化。

这次群众路线教育实践活动的主要内容是为民、务实、清廉,"龙头虚"既与"务实"作风针锋相对,又有违"为民"宗旨,还会伤及"清廉"形象,因此一定要认认真真地查一查,踏踏实实地改一改,务求在反对形式主义上取得实效,切忌雷声大、雨点小,以"龙头虚"对待"龙头虚"。

2013.7.6

三十三
"能上能下"与精"官"简政

为贯彻落实中央《推进领导干部能上能下若干规定（试行）》的实施办法，近来北京等十多个省市出台干部"能上能下"细则或实施意见，进一步完善从严管理干部队伍制度体系，着力解决为官不正、为官不为、为官乱为等问题，推动形成能者上、庸者下、劣者汰的用人导向和从政环境。

实现干部能上能下，关键是"能下"。在"能下"中，那种因年龄到站而应退下的，虽然也还有一些人以退居二线之名一时并未全下，但总的说来，经过近年的努力，这方面的"下"，可以说已基本实现了制度化、常态化。现在问题的重点是"庸者下、劣者汰"，这些干部没有严重违纪违法行为，但在其位不谋其政，能力素质也不适应，不作为，乱作为，"占着茅坑不拉屎"，或者是"乱拉屎"，亟须果断地将他们调整下来，让出岗位，供能者上去为社会主义大业纵横驰骋。

多年以来，社会上形成一种看法，认为做了公职人员，就等于端上了"铁饭碗"，进了"保险箱"，除非被查出违法犯罪或严重违纪被处理，几乎没有退出机制，而一旦当上领导干部，就只能上不能下。实际上，公务员和其他职业一样，也必须能上能下，有进有出，才能流水不腐，形成优胜劣汰、充满活力的选人用人生态。干部能上不能下，是将公务员职业特殊化，带有封闭和特权色彩。落实干部"能上能下"规定，需要彻底破除这方面的特权观。

实行"庸者下"，还应当是真下，切实地下，不能耍花架子，只是形式上挪个窝，仍然是"好官我自为之"，一些在问责中被免职的干部也往往被"高高拎起、轻轻放下"，沉寂三五个月旋即恢复同等级别工作，甚至"明降实升"。这样的"下"，不仅不能有效地起到整肃干部队伍的作用，而且会造成一些地方的干部职数不断超员、超配。多年来，我国官民比例失调，"十羊九牧"，就因为冗官过多，"坐无事之人而食有限之禄"。所以中央一直强调要精简机构，把它作为深化体制改革的一项重要内容。精简机构的重要内容是要精"官"简政。然而，戴官帽的人却越来越多，一个突出表现，是副职越来越多。流风所及，连一些协会学会的副主席副会长也往往多达一二十人。此外，还平添了助理、调研员、巡视员等多种带"副"的职位，这样，就使得许多该"下"的并未真"下"，仍有位子可坐，有官帽可戴，形成官浮于事、机构臃肿的局面。因此，我以为，为了使"庸者下"切实落地，也需要大力精"官"简政，来个釜底抽薪，让庸者根本就没有官帽可戴，该去哪里就应到哪里。

2016.3.31

三十四
想起《钦差大臣》和《西望长安》

一个叫赵锡永的人,自称"国务院政策研究室司长""副部级巡视员",在云南、湖南一些地方行骗,不少官员信以为真,热情接待,甚至聘其为政府顾问。近日,国务院研究室下发通知,称没有此人,要求有关地区采取措施,制止并揭露赵锡永的诈骗行为。

冒充官员行骗,古已有之,外也有之。果戈理的著名讽刺喜剧《钦差大臣》,写的就是一个默默无闻的小人物冒充"钦差大臣"的故事。不要以为这是凭空的艺术创作,《钦差大臣》的情节是有生活根据的。1835年,普希金向果戈理提供了他知道的一件事情:在彼得萨拉城有个叫巴维尔·斯维尼纳的无赖,冒充彼得堡的一个大官,招摇撞骗,频频得手,后因干得太过分,竟然接受犯人的请愿,被识破下狱。果戈理从中受到启发,融入自己多年积累的关于官场的大量材料,通过改造制作,构成了《钦差大臣》的情节。无赖巴维尔被改造成了冒充"钦差大臣"的剧中主角赫来斯达可夫。

在我国,老舍于上世纪50年代写过一个名叫《西望长安》的话剧,内容也是揭露冒充官员的骗子的。骗子名粟晚成,其生活原型叫李万铭,伪造个人档案,捏造高级领导人是他的入党介绍人和历史证明人,装扮成早年就参加革命的"老红军"和"模范共产党员",窃取了国家机关中的重要职位。这一诈骗案在当时有很大影响,促使老舍创作了《西望长安》。《西望长安》话剧在改革开放后还重演过。

这表明，不论中外，不论古今，都早有巴维尔、李万铭这类人物的出现，政治骗子是由来已久的，今天粉墨登场的赵锡永之流，不过是老谱的袭用。假冒伪劣坑蒙拐骗，从来就是社会的一种毒瘤。人们需要倍加警惕的，不仅是要防止假烟假酒假奶假药等各种假"物"，还要防止假专家假大师假郎中假乞丐等各种假"人"，其中的假官，更需要用力防范。如今为民服务的官场，不该再演绎"钦差大臣"的闹剧。

以"钦差大臣"面目出现的冒牌官员得逞，严重地伤害了政府的形象和信誉。它暴露了政坛上的严重的"唯上"意识，下级官员对上级官员心存膜拜，基于自身政绩和仕途的考量，希望能给上面下来的官员好印象，因而只要听说是上面来的，往往就不辨真假，笑脸相迎。如果自身还有些不干不净之处，对上官就更是百依百顺，以求包涵谅解。这样的心态，就给了骗子可乘之机。别林斯基指出，《钦差大臣》中那些包括市长在内的地方官员，之所以会被漏洞百出的骗子赫来斯达可夫所骗，"是市长的惊慌万状的想象力的创造物"。就是说，正是在"唯上"意识主导下，内心"惊慌"，才会看不出骗子的漏洞，将一个骗子"创造"成"钦差大臣"。《西望长安》中的粟晚成，之所以能在多个行政机构中骗得那么得心应手，也是钻了官员"唯上"的空子，听说是高级领导人所证明的人，就不问真伪，不作查实，诚惶诚恐地奉为上宾了。

实际上，有些政治骗子不到现场，只要冒充领导或领导身边的工作人员，向下属打个电话，就能实现诈骗目的。某市一个区税务局长，接到骗子冒充国家税务总局工作人员的电话，当即不假思索地说："总局领导有事办啊？放心，他的事就是我的事。"随后就按骗子提出的资助要求，汇去了钱款。这里显示的，也是讨好上级的"唯上"心态。这里提出的教训，是在不能一味地"唯上"同时，还要有健全官场的运作机制。对上级要尊重，但不可为讨好上级而丧失原则。即使不是骗子，将公家钱汇给领导也是错误的。

俗话说，"物必自腐而后虫生"。政治骗子这个"虫"所以"生"出来，虽然有它自身的原因，也是由于政坛有"腐"。要彻底清除这些政治骗子，在大力除"虫"的同时，也要努力治"腐"，从思想上制度上堵住一切漏洞，使害人虫难以有生存生长的环境。

2013.3.18

三十五
"断头路"与"民生桥"

市政建设中常出现一种"断头路"现象,要修的路大部分修好了,就是"最后一公里"没有完工,旷日持久地在那里耗着,以致整条路派不上用场,行人行车还只得走弯路,或者走回头路。近些年来,几乎各地民众都发出过加紧整治"断头路"的呼声。

实际上,"断头路"现象也存在于其他许多民生项目上。为了实践为民服务的宗旨,各地政府每年对民众都有一些改进民生的实事承诺,诸如提升社会保障、加强社会管理、改善环境卫生、促进民众就业等,每个方面也都起步做了,但有些事往往被卡在"最后一公里",以致善始未能善终,使实事的好处"可望而不可及",群众得不到切实的实惠。

这个"最后一公里",往往出现在基层。许多民生实事都要在基层落实,尽管上面布置交代得很好,如果到了基层发生肠梗阻,那就会变成民生的"断头路"。针对这一情况,上海在加强基层治理中,特别注意了对民生"断头路"的治理。为了不让居民失望,嘉定区安亭镇自我加压,对民生"最后一公里"是畅行还是拥堵,设立了一个"红绿灯"制度。从去年下半年开始,安亭镇在自己的网站上正式设立了即知即改民生问题监督"红绿灯",首批梳理出来的138个问题,全部上网。解决了的,亮"绿灯";正在解决过程中的,亮"黄灯";尚未进入解决环节的,亮"红灯"。在全镇近26万居民的目光下亮起"红灯",是很刺眼的,巨大的压力换来了攻坚克难的动力,使一些"红灯"得以较快转绿。

从安亭镇的实践来看,民生实事所以有"最后一公里",也确实存在打通的困难,但是,困难是可以克服的,"红灯"是可以迅速转绿的。这里,一是要有高度的责任心,"人溺我溺,人忧我忧",对人民群众切盼解决的民生问题,只要千方百计去解决,办法总会比困难多。二是要有全局观念,不互相推诿,齐心合力推进。"红灯"问题,一般都是跨上下级、跨部门的"高协调难度"的硬骨头。像优化乡村公交网络这样的民生项目,涉及的面很广,协调起来很费事,一拖就容易旷日持久。这次,"红灯"一亮,相关部门和人员就密切配合,合力攻关,先收集百姓需求,再合理设置站点与行车线路,并与居民互动反馈。目前,已调整一条线路、新增一条线路,"红灯"已转"黄",不久当可转"绿"。

打通民生"断头路",就架起了"民心桥",加强了党和政府与民众的血肉联系,安亭镇让"最后一公里"畅行的经验,是值得褒扬的。

2015.4.16

三十六
民生的盛宴

保障和改善民生,是今年全国"两会"的一个突出主题。为了实现这一目的,既要做大"蛋糕",又要分好"蛋糕"。做大"蛋糕",就要坚持科学的发展,不断壮大国家的经济实力;分好"蛋糕",就要优化财政支出结构,注重向民生领域倾斜。政府工作报告对此作了全面而精当的阐述。从代表委员们的议论来看,大家对分好"蛋糕",今年有着更多的关注。

悠悠万事,民生为大。对财政"蛋糕"的分配,首先要满足保障和改善民生的需要,诸如教育、就业、社保、医疗、住房、文化等等方面。财政部的预算报表表明,2012年中央财政安排这方面的支出达13848亿元,比上年增长19.8%,远远超过GDP的7.5%增长。其中医疗卫生支出安排2035.05亿元,增长16.4%。社保就业支出安排5750.73亿元,增长21.9%。住房保障支出安排2117.55亿元,增长23.1%。文化支出安排493.84亿元,增长18.7%。教育经费支出则达到国内生产总值的4%,实现了1993年《中国教育改革和发展纲要》提出的目标。这些用于改善民生的支出,在国家整个财政支出的盘子中,比重正越来越大,民生优先的地位开始得到显现。

分好"蛋糕"还有一个方面,就是改革分配不公的问题,缩小贫富差距,提高低收入者的收入,扩大中等收入者比重,加大对高收入者的税收调节力度,严格规范国有企业、金融机构高管人员薪酬管理,促进机会平

再不要搞"龙头虚"了

等, 规范收入分配秩序, 有效保护合法收入, 坚决取缔非法收入。总之, 要深化分配制度改革。有句古话说, "不患寡而患不均"。实际上, "寡"与"不均", 都是人们所"患"的、所忧虑的, 只是"不均"较之于"寡", 更会引发人们心理的失衡与不平, 有害社会的和谐与稳定。因此, 在发展经济, 做大"蛋糕"的同时, 一定要公平地分好"蛋糕", 让财富为全民所共享。这也是最能体现社会主义的亮点所在。

全国"两会", 是我国最高级的政治性会议, 在人们的印象中, 这样的会议重在讨论国家的方针大计, 是为"国计"。如今"两会"重点关注了民生问题, 说明"国计"与"民生"是紧紧联系在一起的, "民生"离不开"国计", "国计"是为了"民生", "国计民生"合在一起本来就是一个词。突出民生主题的今年全国"两会", 是一场民生的盛宴。

2012.3.7

三十七
跑好"接力赛"，不要"翻烧饼"

据报道，东北一些地方主导产业和发展规划变换频繁，像"走马灯"一样，3至5年就换一茬。发展"蓝图"的多变，往往与当地主要官员交替等时间高度吻合，主要官员换届，发展战略和产业路径也随之"换届"。

这就使得这些地方的工作像"熊瞎子掰苞米"一样，掰一个，丢一个，工作失去了连续性。"一个将军一个令，一个领导一个调"，制造了许多"半拉子工程"，既劳民伤财，又把秩序搞乱，把人心搞散。辽宁省朝阳市原先定的规划是"全力实施'一主四化'战略……加快打造冶金业、汽车工业、农产品加工业和矿产资源深加工业四大支柱"，而随后上任的市委书记陈铁新，不经调查研究，擅自将当地四大支柱产业中的汽车工业"改弦"为装备制造业，将矿产资源深加工业"易辙"为文化旅游业。如此任性地乱折腾一阵，陈铁新因贪腐问题落马，也为朝阳留下了众多"烂尾工程"的沉重包袱。

那些上台后热衷改变原有规划而自搞一套的官员，多数并非像陈铁新一样是腐败分子，而是缺乏正确的政绩观。他们不愿按照前任领导的规划蓝图行事，因为那样即使做出成绩也是在为别人放花炮，要显出自己的能耐和光彩，就得提出自己的施政蓝图。他们想做"起跑者"，不愿成为"接力赛"成员。因而不问原先的蓝图规划是否需要改动，他们都要别起炉灶，以显自己的能耐。

再不要搞"龙头虚"了

实际上，"罗马不是一天建成的"。一个地方一个城市的改革发展，需要一茬人一茬人按照统一的目标进行"接力"式的奋斗。山西右玉县地处毛乌素沙漠的天然风口地带，是一片风沙成患、山川贫瘠的不毛之地。60多年来，一张蓝图、一个目标，县委一任接着一任、一届接着一届率领干部群众坚持不懈干，把"不毛之地"变成了"塞上绿洲"。习近平同志曾以此事要求大家要有"功成不必在我"的境界，像接力赛一样，一棒一棒接着干下去。

　　是的，要有"功成不必在我"境界，切切实实为民谋福利，少一些个人得失考虑，换领导不换目标，不搞"翻烧饼"式的折腾，握牢"交接棒"，跑好"接力赛"，务求每一届领导都为地方科学发展作出杰出的贡献。

2015.12.9

三十八
让宪法"活起来"

在首都各界12月4日纪念《宪法》公布实施30周年大会上，习近平同志在讲话中指出，要更加自觉地恪守宪法原则，弘扬宪法精神，履行宪法使命。

宪法是国家的根本大法，具有最高的法律地位、法律权威、法律效力。法治是治国理政的基本方式。依法治国的核心与实质就是依宪治国，依法执政首先要依宪执政。我国现行宪法是一部符合国情、符合实际、符合时代发展要求的良法，体现人民的共同意志，维护人民根本利益，保障人民民主权利。然而，宪法是一张写着人民权利的纸，要将这张纸上的文本转化为现实的东西，就必须认认真真地贯彻实施宪法。习近平同志强调指出，宪法的生命在于实施，宪法的权威也在于实施。这就是说，宪法的价值是在实施过程中体现出来的。

实施宪法，首先是政权机构必须依法行政，依宪执政。党政机关及其工作人员应成为遵守宪法的表率。十八大报告提出的"党必须在宪法和法律范围内活动，任何组织和个人都不得有超越宪法和法律的特权，绝不允许以言代法、以权压法、徇私枉法"的要求，要坚决做到。对一切违反宪法的不作为、乱作为而侵犯公民权利的行为，应建立健全宪法问责机制。

同时，要让宪法"飞入寻常百姓家"。虽然宪法至上，但宪法并不高高在上，而是紧紧和老百姓贴在一起。前几年发生的山东姑娘齐玉苓的受教育权被侵害的案件,以及广东农妇蒙美婵的土地安置费的合法权益受侵害的案件等,在维权过程中颇有波折,最后都是依照宪法,保护了她们的合法权益。当宪法家喻户晓,人们都有宪法意识和法制观点,社会的法制文明必将大大弘扬,社会主义民主政治必将大大向前推进。

　　总之,如一位专家所说,"要让宪法'活'起来",更好地走到社会实际生活中去,实实在在地化为宪政。

2012.12.15

三十九
追求人权进步的缩影

提交全国两会审议的《中华人民共和国刑事诉讼法修正案（草案）》，明确地写上了"尊重和保障人权"的字样。在法律体系里，《刑事诉讼法》是仅次于《宪法》的基本法，其目的除了追究犯罪，还在于保障无辜的人不受刑事追究，不"被犯罪"。因此，《刑诉法》有"人权法"之称，也被称为"小宪法"。人大代表王明利认为，此次《刑诉法》修改，可以看作是继2004年"人权"入宪、2007年《物权法》出台之后，我国人权保障事业的第三次飞跃。

尊重和保障人权，是要毫无例外地保障每一个人的权利。按照杨海坤委员的说法，"这每一个人将包括受害人、律师、证人，也包括犯罪嫌疑人、被告人和死刑犯"。可在十年动乱时期，随便抓人，刑讯逼供，制造了大量冤案错案。那是"无法无天"的时代。拨乱反正后的1979年举行的五届全国人大二次会议，就制定了《刑诉法》，以防止滥行逮捕、拘留，侵犯公民人身、民主权利的情况发生。1996年，根据情况的发展，全国人大对《刑诉法》进行了修改，完善强制措施，取消收容审查制度，改革一审审判方式，进一步加大了保障人权的力度，"既不放过坏人，也不冤枉好人"。

不过，现实生活中仍然会出现佘祥林式的冤案错案。佘祥林被指控为杀害自己妻子的杀人犯，服刑11年后，妻子却奇迹般出现了。这是一起典型的《十五贯》式的冤案。人们在议论这起冤案时，多认为是由于执法者像《十五贯》中的县令过于执一样，不做调查，不重实证，主观揣测，任意推理的结果。实际上，全面考察冤案的产生，过于执式的主观轻率办案作风虽是一个重要原因，但同时也是由于司法制度上存在缺陷。不是运用"疑罪从无"的现代司法原则，而是以有罪推定的思维，用刑讯逼供的办法迫使被告人自证其罪。我当时写过一篇文章，题目就叫做《冤案不仅因有过于执》。

这次的《刑诉法修正案（草案）》，明确规定"不得强迫任何人证实自己有罪"，并在具体制度设计上，规定了非法证据排除规则，设置了严格的证据收集程序，规定了证人出庭作证的一些制度等等，这将从法制上遏制刑讯逼供，防止佘祥林式冤案的产生。

《刑诉法》的制定、修改、完善，反映了我国民主法制建设和依法治国的进程。正如不少代表委员所评述的，《刑诉法》从强调打击罪犯向兼顾人权保障方向演变，其背后亦能看到国家追求人权进步的缩影。

2012.3.10

四十
访贫问苦要用真心、求实效

"十三五"时期是全面建成小康社会的决胜阶段,其中一个重要任务,是实现全部贫困人口的脱贫。为了打好这场攻坚战,中央一再强调要精准扶贫。这就是说,要用真心,动真情,出真招,针对不同的扶贫对象,进行不同的帮扶,精准发力,对症下药,以求取得最大的实效。

这从大的方面来说,或扶持生产和就业,或易地搬迁安置,或教育扶贫脱贫,或低保政策保底,而具体到一家一户,则也要因情况不同采取不同办法。近日,陕西省岐山县蒲村镇在扶贫中却发生了一件令人啼笑皆非的事情,该镇鲁家庄的孙先生对记者说,他78岁的因脑溢血致残的爷爷,已经卧床8年,镇上说给残疾人发过冬福利,可领回来竟然是一件超短裙和一条超短裤。将少女裙裤送给八旬老翁用以"过冬",明为"扶贫",实则是荒诞的乱弹琴。

所以会如此,就是因为有关人员在扶贫上并没有用真心,动真情,出真招,不是在"精确扶贫",而是在搞"花架子扶贫"。他们根本不关心扶贫的实效,只是为了做做样子,便于交差而已。由此想到,猴年春节将至,各地各部门将组织开展访贫问苦的慰问活动,为基层困难群众送去党和政府的关怀,也要注意以真心爱心使贫困群众在被慰问中有切实的获得感,而不是"口惠而实不至",不要再闹出带着超短裙、超短裤去慰问老翁的荒唐事。

再不要搞"龙头虚"了

这里重要的是了解群众的困难与需求，实施"精确扶贫"。有句名言：幸福的家庭总是相同的，不幸的家庭却各不相同。群众的困难千差万别，精准扶贫首先就要了解他们，区别不同情况给予帮助。时下春节慰问，一些单位和部门习惯将统一"标配"的大米、食用油或慰问金作为礼物，一送了事，有些并不能给他们切实的帮助。许多因病致贫、因老致贫、因灾致贫的人，各有不同的困难，需要深入了解，有针对性地加以帮扶。借春节的慰问之机，更应与群众作推心置腹的交流，听取他们的诉求，以便今后进行更有效的帮扶。那种把节日的访贫问苦只当作一种应景文章的形式主义做法，是应当作为"四风"的表现加以清除的。

2016.1.5

四十一
人人共享体育，体育造福人人

上海市第二届市民运动会于4月23日正式拉开帷幕，当天有2万名市民参加的上海坐标·城市定向挑战赛也全新出发，不但规模从过去的1万人扩容至2万人，还有一条由视障选手和健视选手共同参与的路线，有力地体现了人人共享体育锻炼的欢乐。

运动会并不是新鲜事，它已经老得长了长长的白胡须了，而上海市民运动会却属于全国首创，别开了新面貌。一般运动会多为少数选手的拼搏与竞赛，民众多作为看客出现，而上海市民运动会则以"上海动起来"为主题，以"全民参与、全民运动、全民健康、全民欢乐"为宗旨，着力打造覆盖职工、青少年、老年人、妇女、残疾人、少数民族、军人等各类健身人群的全民健身盛会。作为上海全民健身的龙头赛事，它将进一步深入社区，融入生活，成为服务市民的嘉年华，从而将全民健身的理念传递给每一个社区、每一位市民，使体育运动成为更多市民的生活方式。

体育活动可分为两类：一类以健身为目的，属群众体育；还有一种竞技体育，以创造体育成绩为目标，可说是精英体育。两者需要合理平衡发展。然而，长期以来，竞技体育比较受重视，许多人力物力财力，都用在发展竞技体育上，用在培养少数体育尖子上，用在参加金牌银牌的争夺上，这有助于为国争光，为省市争光，自然也需要；但相对来说，对群众性的全民健身

再不要搞"龙头虚"了

活动却重视不够。毛泽东说过一句很好的话:"发展体育运动,增强人民体质。"体育的本质要求,应当是"增强人民体质"。而"增强人民体质",是造福人民的重要民生问题。国民体质不够理想的情况启示我们,要把群众体育这条短腿接长,莫让它再跛脚下去。上海市民运动会正是着眼于认真贯彻落实全民健身国家战略,围绕上海建设全球著名体育城市的奋斗目标,鼓励社会各界广泛参与,切实做到"人人共享体育、体育造福人人"。

为了做到"人人共享",本届市民运动会由"竞赛"和"活动"两大板块构成。其中,"竞赛"板块由3813项"十大运动汇"赛事、67项"总决赛",共计3880项赛事组成;"活动"板块由"十大主题活动"为主构成。只要"人在上海、热爱运动",就可参赛。整个赛事不是进行几天、十几天,而是贯穿2016年。活动多,时间长,不设参赛门槛,保证了市民的广泛参与,让市民真正成为市民运动会的主体,从而共同经受体育的洗礼,享受快乐,收获健康。

上海作为国际大都市,拥有多项国内外关注的高端体育赛事,上海市民运动会在拥有广泛群众性的同时,又重视利用这一条件,打通与国际顶级赛事的通道。比如,市民运动会赛事参与到一定级别,就有可能获得上海网球大师赛的门票。这既可激发市民的参与热情,也有利于提升市民的竞赛水平。

为了办好这一创新的市民运动会,上海以首创精神尝试开门办赛,整合全社会资源共同参与赛事活动,形成政府、社会、市场"三轮驱动"。办赛主体多元化,"众人拾柴火焰高",保证了市民运动会高效有序地运行。这种创新办赛机制,也迈出了上海体育转型坚实的一步。

这一切让我们充满信心地相信"人人共享体育，体育造福人人"的愿望，必将化为现实。

2016.4.24

换汤 换药 换真药

第3部分

有效进行机构改革，需要抓住职能转变这一牛鼻子。按李克强的说法，是要『把错装在政府身上的手换成市场的手』，把不该管的坚决交给社会，交给市场，政府应集中力量做好自身应当做好的宏观管理与社会服务工作。

一

为官当清当慎也当勤

山西太原、忻州、大同、长治、运城的一些干部，因为上班时间在休闲娱乐场所玩乐享受，被有关部门问责，大多受到党内严重警告处分，少数受到免职处理。

人们对这样的查处叫好，但也有干部认为，这样的处理过重。有关负责人回应说，"勿以恶小而为之，勿以善小而不为"，干部上班时间外出休闲看似小事，却反映出一个干部作风的问题，直接关系党、政府和干部在群众心目中的形象，不严肃查处便不能扭转这股歪风。

这样的回答总体是妥善的，但是，"勿以恶小而为之"这句话，宜不提为好。提了，容易被误解为它只是"小恶"。我们切不可小看干部的作风问题，它是党的性质、宗旨、纲领的重要体现，"直接关系党、政府和干部在群众心目中的形象"。一个干部表现出什么样的作风，也就折射出这个干部的"为官之道"。

魏晋时期的司马昭曾经就"为官之道"说道："为官长者当清，当慎，当勤，修此三者，何患不治乎！"用今天的话语来诠释：当清，就是要公正严明，清廉如水；当慎，就是要兢兢业业，求真务实；当勤，就是要忠于职守，艰苦奋斗。"清、慎、勤"，自古以来就在官场提倡，但在"大老爷"时代很难兑现，到了今天官员成为社会公仆的时候，则当切切实实付诸行动，实践"清、

换汤 换药 换真药

慎、勤"了。

然而，在这三方面，现在仍然是问题多多。贪赃枉法，腐化堕落，显示为官"不清"；形式主义，形象工程，显示为官"不慎"；而玩忽职守，贪图享受，则显示为官"不勤"。对"不清""不慎"现象，近年来多有揭发批判，而对"不勤"现象，正由于不少人看不到它的严重危害性，认为是"小恶"，而关注不够。山西省通过"查岗"，查处了官员中消极怠工、不思进取、纪律松懈、贪图享受的种种表现，可说是在整顿党风政风上开了一个新生面，有助于全面张扬"为官之道"。

清、慎、勤，三者哪个最重要，"于斯三者何先"？司马昭曾和他的部属讨论这一问题。有的说，"清固为本"；有的说，"慎乃为大"；有的说，"勤者为先"。不同的意见，出自不同的角度，都有它的道理。实际上，三者都很重要，而且是相互关联，乃至相互转化。不"清"，就不"慎"不"勤"；不"慎"，也难"清"难"勤"；不"勤"，则会导致不"清"不"慎"。试想，上班时间去娱乐场所按摩洗浴打牌赌博的官员，工作中会"慎"吗？他们的消费是谁买单的，会"清"吗？因此，整顿官员作风，需要"清、慎、勤"一道抓，"修此三者，何患不治乎"！

顺便说一句，山西省动手一查，就查出近300个官员上班时间溜出去休闲享乐，是不是也反映时下官场过于人浮于事，也该大力治一治官冗之弊了。

2014.2.8

二

"清官难当"与清官之清

时下,不少人感叹"清官难当"。有部名叫《D城无雪》的长篇小说,就是描写"清官比贪官难当"的。一个名叫高非峨的人,清正廉洁,一身正气,到D县任副县长,可处处受到牵制,举步维艰。有人对他说,你所以失败,"是没有做到入乡随俗。也就是说,你入了D城官场之乡,却没有随D城官场之俗,因而成了孤家寡人,难免会有人朝你瞪眼睛,有人脚下使绊儿"。这一官场之俗,就是"做官受贿"。也就是说,清官所以"难当",是受到官场的腐败环境所掣肘。

高非峨不屈服于此"难",宁愿丢官,也不愿随这个"俗",体现了一种"出淤泥而不染"的精神,清官由此更显其"清"。

面对腐败的风俗环境,也有些并非贪官的官员,不是采取针锋相对的态度,而是以一种迂回的手法进行应对。有一位官员,一次收到一个商人送来的价值不菲的名画一幅,他如果拒收,就会"将"了其他收到贿礼官员的"军",他不想影响同僚关系,也收下了。未几,他悄悄地将这幅画捐给了地方博物馆,并留下收条为证。此后,东窗事发,其他官员受到惩处,而他则保持了自身的"清"。

这让我想起"遗丝藏阁"的典故。说的是魏晋时"竹林七贤"之一的山涛,当过吏部尚书,有个名叫袁毅的贪官,经常贿赠公卿。一次,他也送给山

换汤 换药 换真药

涛一百斤丝。其时，"贪浊"成风，山涛"不欲异于时"，就收下了这份贿赂，把它藏在家中的阁楼上，不予使用。后来，袁毅罪行败露，山涛从阁楼上取下"积年尘埃，印封如初"的一百斤丝，交给了有关部门，未受牵连。

前述藏画的官员与藏丝的山涛一样，都是反对贿赂的，但是，他们的"不欲异于时"的处世态度，有点"随大流"，说明对腐败风气则又存在妥协性。这虽然能保持自身的清白，却未能匡正时弊，客观上维护助长了"贪浊"之风。

在"清官难当"的环境下，清官廉吏的最高境界，是不但自己能"出淤泥而不染"，而且能以"异于时"的精神，用积极的态度清除淤积官场的"污泥"。就是说，不但要独善其身，而且要兼济天下。不是任"贪浊"腐败之风去影响人腐蚀人，而是态度鲜明地用自己清明廉正的言行去反对它消除它。这点上，东汉"清白吏"杨震，是历代清官的一个榜样。当昌邑令在夜间"怀金十斤"去贿赂他，并声称"暮夜无知者"，他严正拒绝，说道："天知，神知，我知，子知，何谓无知？"这就给腐败之风狠狠的一击。反腐败，不仅要反掉露头的贪官污吏，更要反对滋生腐败的思想文化基础，加强廉政文化建设。要当好清官，应像杨震一样，不满足于"举世混浊而我独清"，而是要勇于进一步以"清"改"浊"，在扬清抑浊两方面都充分发挥自身的积极力量。

当这方面的成效越来越显露时，"清官难当"现象也就会减弱乃至消失了。

2013.8.21

三
由"先祭谷公"说政声

在党的群众路线教育实践活动中, 党员干部中脱离群众的"四风"现象纷纷被查摆出来。与此同时, 那些一心为民的好干部也不断被人提起, 他们中有的已经离开了人世, 却永远活在人们的心中, 为百姓所深深怀念。

比如, 最近新华社记者就报道了福建东山县民众在清明节形成的"先祭谷公, 再祭祖宗"的习俗。"谷公"是谁? 不是天上的仙, 也不是地上的佛, 而是该县老县委书记谷文昌。谷文昌在东山县工作14年, 期间担任县委书记10年。当时东山极为贫瘠, 全岛194平方公里仅有147亩林地, 风、沙、旱、涝害得民不聊生。谷文昌带领全县干部群众通过种植耐盐碱的木麻黄树, 十几年如一日, 有效地改变了当地面貌。在他的精神感召下, 后继者踏着他的脚印不断前行, 实现了东山人梦寐以求的"绿色奇迹"。"饮水不忘掘井人", 老百姓就把谷文昌同祖宗一起祭拜, 而且是"先祭谷公"。

"政声人去后"。从政者往往都想在民众中得到一个好的政声, 然而, 官员在位与不在位, 其政声有的会大相径庭。有些人在位时, 前呼后拥, 满耳都是阿谀恭维之声, 一旦下台, 则立即引来贬议纷纷, 严重的甚至有贪官落马后, 人们以一种"送瘟神"的心态, 敲锣打鼓放鞭炮。

真实的政声, 往往要到"人去后"方能显现, 这种时间上的相对滞后性, 反映了事物的一种规律: 试玉要烧三日满, 辨才须待七年期。为官从政, 是

173　　 换汤 换药 换真药

否真正在为人民谋利益，不少事情是需要时间检验的。那些花里胡哨的"形象工程""面子工程"，急功近利、弄虚作假、沽名钓誉、矫揉造作，虽然一时会造成某种热气腾腾的假象，给主政的官员脸上"贴金"，但正如老百姓说的"屁股一走，问题出来"，会给当地留下无穷的祸害，原先虚假的"泡沫政声"，最终也会被真实的政声所代替。

"政声人去后"的现象，提醒官员们"风物长宜放眼量"。要真正获得好政声，一定不可鼠目寸光，不能围着个人私利转，而必须牢记党的根本宗旨，一切为了群众，一切依靠群众，像焦裕禄、孔繁森、谷文昌等人民的好公仆那样，求真务实，为民造福，在岗位上为人民做出经得起历史检验的贡献。

同时，也应当看到，焦裕禄、孔繁森、谷文昌等党员干部的政声，在他们"人去后"得到了充分的肯定和褒扬，但并非是在"人去后"才出现的。他们在位在职时，早就是"桃李不言，下自成蹊"。这说明"政声人去后"虽然是一种客观存在的现象，但并非是一种普遍的必然现象。实际上，同时也存在着"政声人在时"的现象。只是两者有一个区别，大凡真实的政声一定要待"人去后"方能显现出来的，说明这些为官者"人在时"，往往是虚假、虚饰、虚诈者，犹如"王莽谦恭未篡时"，其前后的政声是相悖的；而美好的政声于"人在时"就呈现出来，待到"人去后"又能得到更广范围和更大程度的传扬，其前后是完全一致的。从这个角度说，为了像焦裕禄、孔繁森、谷文昌这样的优秀公仆更多地涌现出来，我们在记住"政声人去后"这句具有警戒意义的话的同时，倒是希望"政声人在时"的现象能越来越多。

2014.8.2

四

赞政府"朝北坐"

公款的奢侈挥霍,除"三公消费"外,还有一项为公众所抨击的,就是大造豪华办公楼。郑州市中牟县法院曾耗巨资建造了一座"星级宾馆"办公楼,该院院长丁某除有100多平方米的办公室外,还有会议室、活动室、卧室、卫生间,几乎占去半层楼,被称为"丁半楼"。这一情况在许多地方都不同程度存在着。西北一个贫困乡,也东挪西吞,造了一幢豪华办公楼,楼前的广场上,特设石桥为通道,犹如天安门广场上的金水桥一样,极尽排场威风之盛。"别看咱是贫困县(乡),机关大楼赛宫殿"一类民谣,传出了民众非议的心声。

然而,也并非"天下乌鸦一般黑",同时有尚俭戒奢,拒绝建造豪华办公楼的。河南洛宁县委县政府多年坚持在陋房为民办事,被百姓广泛传颂。上海宝山区月浦镇政府办公楼建于1985年,建筑面积仅1900平方米,陈旧仄逼,10多年前就有人提出改建办公楼,但先后三届领导班子都坚持未动。

这并非因为没有钱,月浦镇的财政收入年年名列全区前列,老百姓收入呈两位数递增。他们是要把钱用在改善民生上,先后投资3个多亿,用来改造河流,绿化环境;投资上亿元,新建和改造了多所学校,建设了一批文化活动中心;拨款购买服务,为3000多无业人员提供了公益性岗位等等。这些都实实在在地造福了当地百姓。

换汤 换药 换真药

随着综合实力的提升和服务功能的不断拓展，来镇政府办事的人越来越多，简陋办公楼的停车难等问题也愈为突出，又有人提出拿出一两亿元重建办公楼，由于办公楼大门是朝北的，更有一些"神人"提醒："政府大门朝北，风水不好。"对此，党委"一班人"一笑了之："只要能让老百姓的日子越过越好，我们愿意永远朝北坐！"

回答得好！封建帝王是一定要坐北朝南、朝南坐的，而臣子则是一定要朝北站的，这体现着尊卑上下的封建秩序。人民政府是为人民服务的，官员不是"皇上"，不是老爷，恰恰相反，是人民的公仆，是人民的儿子，正应当是"先天下之忧而忧"，让人民群众"朝南坐"，而自己"后天下之乐而乐"，"朝北坐"。基于此，月浦镇官员尚俭戒奢，身居陋屋而甘之如饴。

自然，这并不是说政府办公楼就不能改善了。随着经济和社会的发展，真正需要改建的办公楼还是应当改建的。只是这种改建一定要适时适当，不可走脱离群众的豪华之路，并且要着眼于改善服务群众的设施，而不是着眼于官员个人的奢侈享受。月浦镇党委书记王国君说："老百姓的旧居改造没有完成，镇政府的办公楼就不会动！"这种以民为先的精神，就是在人民面前，将自己的屁股永远"朝北坐"，而非"朝南坐"。

2013.2.18

五

清退超标办公室以反官奢

　　奢侈挥霍国帑公款，除了用车、吃喝、出游的"三公"之外，还有一"公"，就是滥造豪华办公楼。近日遭到社会热议的长沙市云盖村，村干部5人，却造了一幢"高端、大气、上档次"的村部七层办公大楼，为造此楼耗资千万元，让这个贫困村"欠了一屁股债"，不知何时才能还清。

　　实际上，超标建造豪华办公楼的情况并非个案，地无分南北，官无分东西，都程度不同地存在着。在许多地方，豪华的政府办公楼已成为当地标志性建筑。网上有政府豪华办公楼排行榜，其照片显示那一幢幢高大精美的建筑，有的像美国国会大厦，有的似天安门城楼，有的高耸入云，有的则是楼阁相连，一家比一家气派。不要以为这都发生在经济发达地区，像云盖村这样的贫困地方，也纷纷仿效。安徽望江县属贫困县，政府占用182亩耕地兴建超豪华办公大楼，建筑面积多达43600平方米，相当于8.5个美国白宫。西北有一个贫困乡，也东挪西吞，造了一座宫殿式的办公楼，乡官们都享有一间豪华办公室。大楼前的广场上，特设石桥为通道，犹如天安门广场上的金水桥一样，极尽排场威风之盛。

　　在办公场所上如此挥霍奢侈，摆挥霍的谱，享奢侈的果，是官奢的一种表现，与"三公"消费上的挥霍奢侈，是一根藤上的瓜。反腐败，首先要反官贪，同时也要反官奢。官贪，把国家的钱窃为己有，明显属于犯罪。官奢，有人

　　　　　　　　　　　　换汤 换药 换真药

则以没有把钱放入自家腰包为由,理直气壮地在乱花公众的钱。实际上,官奢与官贪是一脉相承,紧紧相连。它们的本质,都是放纵私欲,借公营私,以权谋私,两者没有不可逾越的鸿沟。不少贪官都是从奢侈起步堕入腐败泥坑的。官贪必然官奢,官奢则会走向官贪。反对官奢,应当看作是反对官贪、反对腐败、提倡官场廉洁的题中应有之义。

为整肃办公用房上的官奢现象,今年7月,中央印发《关于党政机关停止新建楼堂馆所和清理办公用房的通知》,要求各级党政机关一律不得以任何形式和理由新建楼堂馆所,同时要对占有、使用的办公用房进行全面清理。不少地方在清理中,对超标办公室进行了清退调整,做得还是比较认真的。据报道,至10月15日,山西省已清理出超标办公用房面积64.79万平方米。然而,在清退中,出现了"小办公室奇缺"的矛盾,弄得有些人觉得操作困难。按规定,正县处级办公用房面积为20平方米,副县处级为12平方米,正科级为9平方米,副科级为6平方米,但像柳林县的党政大楼大多数房间面积均是42平方米,大楼每层只有三四个小房间,怎么办?只有将大量房间拆分。可是,限于建筑结构,无法拆分成12平方米或9平方米的房间,只能拆解成20平方米左右的房间,这样,一些干部只得合伙办公。没有了单独办公室,有的人就感到不舒服,觉得"尴尬"。我以为,这种"不舒服",实际上是对超标豪华办公室的留恋,是对由奢而俭、清廉朴素的抵触。为什么一定要有独间办公室才能安心办公呢?中央规定了不同级别领导干部的办公用房面积,却并没有规定一定要用单间,6平方、9平方、12平方,也是可以与他人在大房子里一道办公的,只要按规定划给应有的用房面积即可。与下属在一间房间办公,还有利于加强沟通,增加团结。如今有不少政府的处长科长,都是与科员共处一室工作的,并没有什么不便,更没有什么"尴尬"。据说"尴尬"是来自"当一个正科级的局长接待来客时,旁边坐着个下属,侧耳倾听不妥,埋头工作也不妥,局长别扭,下属别扭,来客也别扭"。这种"别扭"还不好解决吗?办公楼设几个会客室就解决了。单间的最大好处,是有利于保护私密,不过,办公室是办公的地方,如果不想在里面做见不得人的私密事,又何必不满于合室办公呢?以为人民服务为宗旨的公务员们,应当拒绝奢侈豪华,一人间也好,多人间也安,在办公场所上发扬清正朴素之气,坚决清理腾退超标办公室,以实际行动告别官奢官贪。

2013.10.27

六

清除"特供""特价"不正之风

近日，中央印发《建立健全惩治和预防腐败体系2013—2017年工作计划》，对反腐败工作提出了更强更细的顶层设计，其中提到，要坚决纠正不正之风，着力解决群众反映强烈的突出问题，坚决查处发生在群众身边的以权谋私问题。应当说，"发生在群众身边的以权谋私问题"，近年来在查处中有的已被不断提起，如乱收费、乱罚款、乱摊派和吃拿卡要、收受礼金等，但也还有一些"群众反映强烈的突出问题"，需要进一步引起关注，比如干部享受的特供、特价问题。

特供物品，古已有之。封建时代皇帝享用的"贡品"，就是一些"特供"。唐杜牧《过华清宫绝句》之一："一骑红尘妃子笑，无人知是荔枝来。"其中提到的"荔枝"，就是南方送来的"特供食品"。不过，当时的"贡品"，主要还是限于对皇家进贡。此后，"贡品"式的"特供物品"，外延有扩大的趋势。上世纪五六十年代之交，像食油和食糖一类普通食品，一度也作为"特供品"，那是因为当时经济衰退，物资极为匮乏，是临时用来特别资助一些高级干部和高级知识分子的。改革开放以来，随着经济的快速发展，1989年《中共中央、国务院关于近期做几件群众关心的事的决定》就明确指出：取消对领导同志少量食品的"特供"（领导专用），固定供应点所有食品一律按市价、按市民定量供应；价格和经营业务接受物价、工商部门的监督。然而，"特供"

现象此后并没有引退，相反，却有所发展。过去，享受"特供"的人数还比较少，后来却越来越多，不仅是高层"领导同志"，地方各级的国家机关和行政事业单位负责人，都可以凭借手中的权力，使用或授权制售"特供"物品；过去，"特供"的范围，只限于某些产品在销售上的特别提供，而后来由供应领域引申到生产源头，一些地方政府部门还在生态环境优良的区域设置"农供基地"，把当地的一些高标准的绿色产品，作为他们的"特供食品"。"八项规定"发布后，为掩人耳目，仍有干部到"私人会馆"大吃大喝，同时也有人继续享受"农供基地"的"特供"。

特价供应，以党政机关食堂"物美价廉"的供应最为人们关注，干部用很少的钱就能吃到满意的饭菜。2010年1月，成都市某区机关事务局就曾下发过通知，规定对在编干部职工推行"一元就餐制"，享受的却是成本数十元的自助餐。有些机关单位的就餐费虽然要比一元多，但也多是象征性的，餐饮的费用主要是"老公"付的。一位网友发帖说，他到郑州出差，原想请当地一个朋友到餐馆小聚，朋友说外面的东西不干净又贵，不如到他们机关食堂去吃。2元钱一张饭票，可随意取三菜一汤。他打了红烧排骨、西兰花炒肉和几块卤鸡翅，还添了一大碗萝卜牛肉汤。这些菜的分量都很足，外面简直不能比。朋友说，他一天三餐都在食堂解决。家里基本不开伙做饭。每天晚上下班在食堂里买几份饭菜带回家，一家三口的晚餐就解决了，还能剩一份给老婆第二天带饭去上班。这种超低价的饭菜虽然不一定到处都有，但机关食堂"物美价廉"的情况则是普遍的。机关食堂所以能如此，一个重要原因，是有财政补贴。南方有个区政府在其官方网上披露过，从2001年到2005年，该区政府每年对机关食堂的财政补贴均为300万元。一个区政府机关

换汤 换药 换真药

每年要花300万元，全市、全省、全国为保证这种"特价供应"该要花多大一笔钱？这与公车私用、公费旅游一样，是以权谋私，是应坚决纠正的不正之风。

食品特供，食堂特价，之所以能"特"起来，靠的都是"特权"。清除特供、特价，关键是要清除特权。以为人民服务为宗旨的党政干部，应清晰地认识到权为民所赋，权为民所用，而决不可窃权谋私。如此，方能有效地刹住各种不正之风。

2013.12.27

七
不容公共资源部门化、私人化

随意占道停车的现象,时有所见。我住处附近的一条小马路,就经常有两部车子停在那里。有时,逼仄的人行道上也停着车子,加上一家快递公司还在门前人行道上整理邮包,弄得步行也很困难,只得哀叹"行不得也哥哥"。有关部门也来整治过,但监管人员一走,一切又"涛声依旧"。

不过,这种随意占道停车,还没有"合法化",有了监管,他们还是乖乖让道的。更需要认真处置的,是那种随意把道路或场地划为收费停车场,公然占道画线收费。北京丰台区新开东路是条"断头路",原本是周围居民散步运动的场所,如今却被画上车位标志,变成收费停车场。这种情况在其他城市同样存在。城市的马路与场地属公共资源,一些部门和个人随意占道画线收费,是将公共资源部门化、私人化,既损害了市民大众的权益,又助推了以公谋私的腐败之风,是法纪所不容的。

记得改革开放初期,有一篇名叫《神奇的绳子》的小说,就对这现象提出了质疑。作品写一个人因家中被盗,生活发生困难,公安部门一时无法破案,就给他一根绳子,要他在公园大门口的广场上围上一圈作为存车处收费,这样,骑车来公园的人都得留下"买路钱"。这样,这个人的腰包"神奇"地鼓起来了,却引来众游客的不满。小说的内蕴,就是对公共资源的部门化、私人化现象的摇头。

换汤 换药 换真药

三四十年过去,用这种"神奇的绳子"谋利的现象,并没有得到有效的整治,相反却在发展,而且将公共资源圈为"私人领地",也远不再限于用作小小的"停车场",更用于建造豪华的私人别墅、私人会馆。当然,这些私人别墅、私人会馆不是建在城市的马路旁,而是建造在风景名胜区。杭州西湖边的"私人会所"、云南洱海旁的"私家府邸"、龙门石窟对面的别墅群、秦岭中的别墅等,以及在故宫博物院建福宫、河北承德避暑山庄等昔日"皇家禁地"中,也建有富豪的"私人会所"的现象,都是化公为私,将国家的公共旅游资源变成少数人的"私家花园"。有关单位或个人,独自占用公共资源和利用公共资源营利,以获取经济利益的行为,导致了公共资源"私有化"和"谋利化"。

公共资源姓"公",应当为公众服务,不容政府相关职能部门或受托管理公共资源的部门以及相关人员借以寻租。要加强对管理公共资源的权力部门的监督和制约,扩大社会公众对于公共资源分配的话语权,强化公共资源使用、处置等的审计工作。要彻底摒弃以公共资源谋私的这根"神奇的绳子",绝不容其"合法化"。让公共资源切实地为公众所享,这也是深化改革和深入反腐败的题中应有之义。

2014.12.9

八

公务接待不准假"公"济私

近日印发的《党政机关厉行节约反对浪费条例》,在狠刹奢侈浪费之风上有众多亮点,其中说到公务接待:"党政机关应当建立公务接待集中管理制度,对无公函的公务活动不予接待,严禁将非公务活动纳入接待范围。"这在约束公款吃喝上,就越过了一般地反对大吃大喝,进而在要不要接待上作了严格规定,对那些"无公函的公务活动",根本不允许接待,在源头上关了门。

对形形色色的公务接待,人们谴责的多是花天酒地,挥霍浪费,"鸳鸯火锅腾细浪,海鲜烧烤走鱼丸"。而且,一个来客多人陪,像民谣所形容的,"昨天上级到本地,七个常委四个醉,还有三个宾馆睡"。对此,《条例》斩钉截铁地说"不",明确规定要"严格执行国内公务接待标准,实行接待费支出总额控制制度"。

《条例》的亮点,在于它还进一步点出了公务接待上的以公谋私、浑水摸鱼的现象,并以"无公函的公务活动不予接待"的规定加以整肃。公务接待的前提,本应当是为"公务"而来。可是,实际上,现在许多的"公务接待",接待对象并无什么"公务",他们来此或是探亲访友,或是观光旅游,或是过路中转,但因为他们有"公务员"身份,与当地官员或为同学,或做过同事,或有对口关系,或是上下级,就纷纷加以"公务接待"。而且,礼尚往

换汤 换药 换真药

来，互通有无，接待者他日到被接待者的地方去旅游观光、探亲访友，自然也会得到同样的"公务接待"。我国"公务接待"数量所以如此之大，和这种假"公"济私的接待，是有很大关系的。

《条例》封杀这种假公济私的"公务接待"，不限于明确地说"不"，而是同时提出制约办法，这就是"无公函的公务活动不予接待"。这就是说，谁要享受"公务接待"，谁就得有为公务而来的"公函"证明。没有这一"公函"，说明是为私事而来，尽管是同学、同事、朋友、上下级，也不可给予"公务接待"。要尽地主之谊，当然也可以，只是请自掏腰包，不可花销公帑。

有人担心，还是有人不带或不看公函的。这种情况开始会有一些，但这是违规行为，会受到惩处的。将来审计部门审计公务接待费用时，会以公函为依据，若没有公函，这部分费用就无法通过审计，公函强制的约束力，将使那些不带或不看"公函"和实际上没有"公函"的人，再不敢浑水摸鱼，肆意揩公家油了。公函这个点子，体现出制度设计上的智慧之光。

2013.11.27

九
定点饭店不能"定了就完"

2006年开始执行的党政机关出差和会议定点饭店制度,意在遏制公务浪费与腐败,用意是好的。可是,想的与做的并不一样,定点饭点乱象丛生,公款浪费现象并没有得到有效遏制,一些官员仍然在那里超标花钱,超标享乐,甚至享受"特殊"服务,上海几个法官的招嫖案,就发生在定点酒店。

按照规定,定点饭店应当是"档次适中,价格优惠",以三星级以下酒店为主。据《中国青年报》记者查询,有明确酒店信息的定点饭店共计4740家,除去910家星级不明的酒店外,尚有3830家三星级及以下的酒店的比例,仅占52.82%,四星、五星级酒店占了"半壁江山"。而那些星级不明的酒店,有些是故意"未定",实际上是高级酒店。

国家对官员居住定点酒店的价格有着硬性限制,即使是副部级住套间,每天每人不能超过600元。实际房费却大大超标,就在发票上做手脚,以会议费报销。有人说,会议费是个筐,酒店提供的娱乐、购物乃至色情消费,都能装进去。钱花多了,还可以通过虚报参会人数、天数,把这笔钱合格地做到你的账上,拿着发票去报销。

种的是龙种,却偏偏生下了跳蚤。

这表明,良好的政策法规的出台,仅仅是万里长征的第一步,要使其得到真正的贯彻,必须跟踪,不断加强监管。否则,受到约束的非法利益群体

---------------------------------- 换汤 换药 换真药

就会想尽办法"打着红旗反红旗",消解政策法规的积极精神,让其名存实亡。经常出现的"上有政策,下有对策",就是它的反映。前几年,中央为保护农民利益,严禁给卖粮的农民打白条,这项规定公布后,有些地方是不打白条了,但也没有给钱,而是说:"现在政府不允许打白条,我们这里有账,卖多少,你们自己记着。"这样的不打白条,就是使"龙种"变成了"跳蚤"。

因此,定点饭店不能"定了就完",必须加强经常监督,加强财务管理,加强审计。既监管出差官员,也监管定点饭店。只要有违规行为,双方都要严惩不贷。当前,一些定点饭店以政府"定点"为金字招牌,抵制市场监督,变成藏污纳垢的地方。对定点饭店也不能"一定终身",需要实行淘汰制。

2013.8.27

十
落实"禁令"要堵塞一切"地下通道"

年终岁尾,借着礼尚往来之名,是公款挥霍浪费的集中爆发期。今年,中央接连下了多道"金牌",严禁公务接待和公务往来中各种化公为私的奢靡乱象。应当说,效果还是明显的。就拿"贺卡禁令"来说,往年此时的贺卡印刷旺季已变成了淡季,一家印刷厂厂长说:"以前年底是最忙的时候,常常是24小时加班,今年业务量大幅下滑,设备正常运转都吃不饱。"由"吃不了"变成"吃不饱",就因为原来主要是靠公款印卡,如今公款印卡锐减,只有少量私人企业来印。面对这一情况,印制者表示要另行考虑经营路数了。

这也是一种"倒逼",倒逼这些企业转型,从面向公款消费转向个人市场,在经营思想上,努力开拓适合个人消费、大众消费的贺卡产品,更好地为大众服务。这也可视为"贺卡禁令"给经济的科学发展带来的一种积极作用。

不过,也不是禁令一下,公款购买制作贺卡的现象就完全销声匿迹的。"上有政策,下有对策"这一招数,也仍然在被一些官员和商人运用着。有报道说,西安市一家定制年历贺卡的"旗舰"品牌公司,就开"地下通道",为公款购买者竭诚效劳。他们不但可以将发票上的物品开为"文具、办公用品",而且提供"一站式""一条龙"服务,根据买方的要求,将贺卡通过快递直接送达所要送的客人手中。这样一番"暗度陈仓",官员违规用公款购买贺卡的事可以不留下痕迹。

俗话说,"道高一尺,魔高一丈",正邪之间的搏斗不可能"毕其功于一役",而是会转换不同的形式进行。对制止公款挥霍浪费的"禁令",一些官员和商人表面上热烈拥护,暗地里却在开"地下通道",对此我们需要清醒地看到。

实际上,这种"暗度陈仓"的手法,在对待其他的"禁令"上也频频出现。维持公款大吃大喝,只是暗暗地去了私人会所。办公面积过大,用增加桌椅的办法摊低面积。公车配备超标,可另行落户销迹。依然公款出游,但名义是交流培训。这些形形色色的"地下通道",以软的手法消解"禁令"的硬性约束力,以致出现有禁不止、有令不行的情况。

清代也曾在公务接待和公款消费上,对官员进行限制。针对送"程仪"的陋规,清廷曾下令废除"程仪",即车马费。鉴于朝廷命令不敢公开违背,上级官员当面不收"程仪"了,而改由下级官员事后通过钱庄汇去。由此可见,用"暗度陈仓"的办法消解"禁令"是有历史传统的,落实"禁令"需要法纪保航。对一切以"地下通道"犯禁的人,不论是开"地下通道"者,还是走"地下通道"者,都要依法依规加以惩处,如同受贿者与行贿者都应受到惩处一样。

2013.12.17

十一
"绕道进人"已"绕"到违法之"道"

据网络举报和媒体报道,湖南江永县部分县级领导干部为子女伪造在外地工作的档案,之后将其调动回江永县行政或事业单位工作,以此规避本应该参加的统一招考。举报还列举了6名在职县领导及其亲属的姓名。

17日晚,江永县向媒体表示,经核实,涉及当地领导子女亲属工作调动的有10人,其中3人符合事业单位工勤人员招聘相关规定,属于正常的人员调动。另有黄某、聂某等7人未经招聘程序,违反了《事业单位公开招聘人员暂行规定》,经县委常委会研究决定,对上述7人予以清退。

官员利用手中权力为子女亲属"开后门",谋职、谋位、谋饷的事件屡有发生。这是用人腐败的一个重要方面。最初,凭借权力开这方面的"后门",是并不要费多大力气的。只要写个批条,或者打个招呼,人就可以进入所希望的政府部门或事业单位了。这样赤裸裸地以权谋私,受到了"千夫所指"。为堵住这样的"后门",国家规定政府部门和事业单位进人,都要公开招聘,通过考试择优录取。公开了,公平了,招呼和批条就无能为力了。然而,俗话说,"上有政策,下有对策",实际上,正气有"政策",邪气也有"对策"。为了应对公开招聘,以权谋私者在招考时,就为要招进来的子女亲属"量身定做"职位要求,因人画像,限定了所招考职位的学历要求、专业背景、政治面貌乃至年龄、性别等,以便在报考阶段就过滤和淘汰其他竞争者,让子女亲

换汤 换药 换真药

属能顺利入围过关。这就是所谓"萝卜招聘"。先选定萝卜，再为这个"萝卜"挖合身的"专用坑"，这个"坑"名义上是对着所有报考者的，实际上别人根本无法问津。然而，随着反腐斗争的深入发展，"萝卜招聘"的花招也受到揭露，有权者在本地难于施技了。于是，又出现了一种"绕道进人"的对策。这就是利用官场的人脉关系，为子女亲属伪造在外地工作的工作档案，然后作为干部调到本地的行政或事业单位工作。这样，不但回避了应当参加的统一招考，而且多了几年工作经历，有利于今后的提拔。

从公开的打招呼、批条子，到偷偷摸摸搞"萝卜招聘"，再到通过异地造假"绕道进人"，一方面，表明在反腐斗争不断深入推进的形势下，以权谋私者在用人腐败上不得不变换手法，愈来愈隐蔽；另一方面，也显示他们贼心未死，在手法上愈来愈卑劣。"绕道进人"，涉及到档案造假、单位印章造假，这一"绕道"已经"绕"到违法乱纪的"道"上了。

据此，我以为，对"绕道进人"案件，不能将进来的人"清退"就算了事，而要进一步追查"绕道"是谁搞起来的。它涉及多个地方、不同部门的档案伪造、人事调动，不可能由一个人、一个部门完成。一路绿灯的背后，一定有利益的输送，权力的结盟，腐败的勾结。要搞清这些问题，需由高一级的政府出面，组成调查组进行调查。

2013.11.22

十二
清除"一霸手"

在反腐败中落马的官员，被称为"一霸手"的"一把手"所占比重较大。这些"一霸手"霸气十足，独断专行，以权谋私，胡作乱为。正在法院受审的湖南省高速公路管理局原局长冯伟林，在位时"一言九鼎"，一切都是他说了算。2008年至2009年，他多次向多条高速公路负责人打招呼，让其请托人投中工程招标，从中获得巨量"好处费"。湖南省纪委预防腐败室副主任陆群说，冯伟林权力炙手可热时，他的招呼"含金量"极高，一个批示、一个招呼就可以制造一个千万富翁，不仅使自己变为千万富翁，而且轻易地使一些不法商人成为千万富翁。

冯案并非孤案。凡"一把手"变为"一霸手"的，都是践踏了党的民主集中制原则，把个人凌驾于组织和集体之上，大小事情"一把抓"，决策拍板"一言堂"，财政花钱"一支笔"，选人用人"一句话"，把手中公权化为谋取个人私利的工具，把一个地方、单位当成了自己的专属领地。这样，搞特殊，享特权，"顺我者昌，逆我者亡"，蝇营狗苟，贪污腐化，各种各样的歪风邪气都会刮起。

"一把手"是一个组织、一个地方、一个单位的头，"鸟无头不飞，蛇无头不行"，头的作用是很大的。我们党一直重视"一把手"的选拔和培养。毛泽东多次说过，党委书记要做好"班长"，带领好一班人前进。《朱镕基上海

换汤 换药 换真药

讲话实录》中有篇文章，是"关于做好干部工作的四点意见"，其中一点，讲的就是"如何当第一把手"。他说，第一把手"一定要有高度责任感，胸怀坦荡，气量宏大，勇于负责，严于律己，把整个班子团结起来，拧成一股绳，把工作做得更好"。"一把手"作为"头"，按照要求做好了，他所在的地区或单位就会风清气正，事业兴旺发达。相反，倘若"一把手"变成"一霸手"，那里就会乱象丛生，乃至贪腐现象横行。事实表明，凡是腐败串案窝案发生的地方和单位，都与"一霸手"有关。有人感慨说：一把手带好头，啥事都会有干头；党风政风民风，就看"一把手"吹啥风。

"一把手"之所以会变为"一霸手"，一个重要的原因是缺乏有效的监督。"上级监督太远，同级监督太软，下级监督太难"，民间的这一顺口溜，将"一把手"在现实权力结构中的特殊位置，描述得很形象。一名因贪污受贿被判入狱的前县委书记，在铁窗内反思：从名义上讲，对一个县委书记有八种监督，但实际上到了他那儿，就只有一种监督，就是自我监督，自我监督则是完全靠不住的。而缺乏监督的权力，特别是位高权重的"一把手"，更必然会胡作乱为，走向腐败。对此，邓小平早就指出，要加强对一把手的监督。习近平同志近日在中纪委二次全会上也强调：反腐倡廉建设，必须从领导干部特别是主要领导干部抓起，保证领导干部做到位高不擅权、权重不谋私。

加强对"一把手"的监督，要加强包括民主集中制在内的各种制度建设，把权力关进制度的笼子。同时，要加强对"一把手"的管理与考察。今年，中央依据巡视制度，在进行首轮巡视后，接着对全国开始了第二轮巡视。中央纪委副书记张军日前说，巡视工作有一个着力点，就是着力发现巡视党组织领导班子及其成员特别是一把手，在党风廉政建设和反腐败工作、落实中央八项规定精神、执行政治纪律、选人用人等方面存在的突出问题。这是加强对"一把手"监管的一个有效举措。

在加强对"一把手"的监管中，对其中异化为"一霸手"的，都应当认真清查，即使有少数人没有贪腐行为，但那种漠视组织、漠视群众、独断专行、任意胡行的"霸"气邪气，也是必须坚决清除的。

2013.11.10

换汤 换药 换真药

十三
改变"一票否决"的唯上思维

对下级官员政绩考核的"一票否决",在我国已出现了30多年。开始,中央提出的"一票否决",只有计划生育和社会治安综合治理两项,后来被一些地方政府所滥用。信访、环保、食品安全、安全生产、招商引资、减轻农民负担、党风廉政乃至干部德孝、校车安全管理等问题,都搞一票否决,让"一票否决"变了味。有消息说,中央组织部已着手对此进行调研。

应当说,"一票否决"是强化某种工作力度的一种手段,有其积极作用,但是滥用了,会形成"眉毛胡子一把抓"的混乱局面,不仅会消失其正面作用,而且使下级官员凭空增加压力,难以应对。为了保稳官帽,不至于被"一票否决",有的官员就弄虚作假,以"你加压,我加水"的态度对之,有的官员则不顾法纪办事,以"你加压,我违法"的做法应之。"一票否决"的滥用,加剧了官场的虚夸不实与违法乱纪现象。整治"一票否决",应属于教育实践活动的一个专项整治内容。

"一票否决"被滥用,与一些地方政府的管理能力不高有关。当上级政府的能力较低时,就会更多地借助于直接的、强制性的管理方式。然而,这种行政命令式的管理方式,并不符合科学、合理、效率的原则。因此,提高政府管理能力,创新政府管理模式,是破解"一票否决"异化现象的重要前提。同时,要加强制度建设,建立健全科学的地方政府绩效考核体系。只有依法科学合理地划分上下级政府的责权利，确立地方政府各项工作的权重，建立健全科学的绩效考核体系，才能使上级政府对下级政府有效地进行绩效考核，才能使下级政府在绩效考核指标体系内的行为有效地实现上级政府的目的，而不是过多地依靠"一票否决"的手段进行管理。

此外，还必须看到，"一票否决"之所以被滥用，与一些官员错误的权力观有关。一些地方将"一票否决"当成一种单纯的控制手段，其目标在于要求下级贯彻他们作为上级的意志。而这样的上级意志，往往很随意，由主要官员的喜好决定，内部开个会，甚至官员一个批示、一次发言，就能把"一票否决"的事项给敲定下来。一票否决权成了少数领导炫耀权威的资本和手段。因此，清理"一票否决"，绝不仅是对现有"一票否决"项目进行清理的问题，而是要改变"一票否决"的唯上思维。对各级官员政绩的评价标准，是人民满意不满意。如果讲"一票否决"的话，这"一票"的权利，是掌握在人民大众手中，而非上级领导手中。

2013.11.6

换汤 换药 换真药

十四

王某某何冤之有？

浙江余姚市近日遭遇历史上罕见的洪灾，三七市镇村镇建设办公室主任王某某下乡视察灾情，因穿高档鞋子，由年近六旬的村支书背进灾民家里，此事曝光后，引来一片批判声。该镇党委和政府迅速作出反应，免去王某某的行政职务，并给予党内警告处分。同时说明王某某穿的是布鞋，而非高档皮鞋，王某某也不是主动要人背的，而是村支书"顺势"背他进出一个灾民家的。

应当说，三七市镇党委和政府的处理是正确的、及时的。即使说明的情况是真实的，也不妨碍对王某某作这样的处理。这得到了广大民众的赞同。但是，网上也有帖子称王某某"其实有点冤"："一路上几乎都没水了，如今作为一个普通的公务员穿皮鞋出门正常得很。不巧刚碰到一段有点积水的路段，据说深度不超5厘米，距离也不会超过20米吧，穿皮鞋过去可能会有点麻烦。刚巧旁边的同伴穿着雨鞋，身体又比较强健（一般在农村生活的近六十的人，身体还是很可以的），关系又比较好，说背你过去吧，省得你鞋换上换下，麻烦。其实也很正常的哦，呵呵，只不过在中国，在特殊的环境之下，一切都变味了，只能说王领导中枪了！"

王某某受到处分到底冤不冤呢？从干部的标准来说，是一点不冤的。在洪水还未退尽的情况下视察灾情，不穿雨鞋，而穿皮鞋或布鞋，这说明王某某根本没有涉水犯险的心理打算，所谓"视察灾情"，只不过是一场"秀"，一种表面文章。如果说，在一般情况下，干部的工作就应当做实事，求实效，不搞形式主义，而面临洪水的特大灾害，干部的工作更应当一步一个脚印，踏石留印，抓铁有痕，不应有一点"龙头虚"。而王某某考察洪水灾情，却不打算在水中留下自己的"脚印"，这不是蓄意在玩形式、做样子吗？更不应该的，是他竟让年近六十的村支书背他走访村民，而且是背着进去，又背着出来，不论是王某某的主动，还是村支书的"顺势"，这是一种封建官老爷的派头。干部是人民的公仆，为人民服务为其天职，在任何情况下，都不可骑在人民头上。王某某虽然不是"骑在人民头上"，却是压在人民背上，而且是心安理得地压在年近六十的老人背上，这种官老爷的派头，与邓小平指出的干部"要当人民勤务员，要以普通劳动者的面貌出现，要平等待人，要全心全意地为人民服务"，完全是南辕北辙。

由此可见，让人背着涉水走访村民，不是"很正常"，而是很不正常。如有人说的，他不让鞋子进水，脑子里却进了水。这个"水"，就是他心中并没有装着人民，而是装着他自己，热衷于形式主义和官僚主义。这正是群众路线教育实践活动所要重点解决的问题。如果说"中枪"的话，他"中"的这个"枪"，目的在于与形式主义、官僚主义以及官老爷作风决裂，切切实实地为人民服务，何冤之有？

2013.10.15

十五
不可"先天下之凉而凉"

近日,武汉一些政府部门将机关工作时间调整为每天6小时,上下午各3小时,即8:30—11:30, 14:30—17:30,原因是"天气热",让公务员能多点休息,少受溽热之苦。

是的,时下正值盛夏,对每个人来说,都是酷暑难熬,可谓"环球同此凉热"。政府部门理应采取降温消暑措施,普惠普罗众生。可是,减少公务员上班时间,不仅有违国家8小时工作制的规定,而且因为它仅仅施惠于公务员,其他职工像机关保洁员等人群,依旧要工作8小时,一碗水没有端平。至于政府机关外的广大企业职工,不要说减少工时,更有的要在溽暑中"被加班"。这样,这一措施带给人们的感受,就不是"环球同此凉热",而是凉热不均,是公务员们的特权享受了。

此事引来公众的非议,是因为明显地违背了为民服务的宗旨。对人民政府来说,应当是"万事民为先","先天下之忧而忧,后天下之乐而乐",如今却颠倒过来,"先天下之凉而凉,后天下之热而热"。面对酷暑,公务员不是首先解群众之忧,而是不顾会造成百姓办事的不便,率先减少自身为民服务的时间,这必然会导致脱离群众的恶果。

当前党的群众路线教育实践活动正在展开,这种"先天下之凉而凉"的作风之弊,正是要大力扫除的不良东西。为民、务实、清廉,就要"吃苦在别人前头，享受在别人后头"，而不可倒过来。只有一事当前，不是先想到自己，而是先想到百姓，才能和群众心贴心地打成一片，得到群众的信赖和爱戴，孟子早就说过："乐民之乐者，民亦乐其乐；忧民之忧者，民亦忧其忧。"

2013.7.14

十六

换汤 换药 换真药

精简机构，是政府改革的一项重要内容。今年全国两会以后，新一轮机构改革的大幕已经拉开。减少或取消一些机构，换一些牌子，减几个牌子，比较容易做到；难以实现的，是职能转变。基于此，李克强同志近日强调，各部门都要自觉行动，限期完成职能转变的各项任务，绝不能"换汤不换药"。所谓"换汤"，就是换形式，换牌子；所谓"换药"，就是换内容，完成职能转变。

机构臃肿，冗员过多，"坐无事之人而食有限之禄，尽无穷之欲而尽有穷之财"，加重了百姓的负担，并加强了官僚主义、形式主义的泛滥，贻害无穷。改革开放以来，中央一直把精简机构作为深化体制改革的一项重要课题，先后进行了几次精简，取得了一些效果，但往往走入精简—膨胀—再精简—再膨胀的怪圈。内中的重要症结，就在于"换汤未换药"。就是说，机构虽然一时减少一些，但政府职能并未转变，没能从"管办型政府"转为"服务型政府"，仍然是"大权独揽"，手伸得很长，大事小事都要管，没有"简政放权"，没有把应当交给社会和市场办的事交出去。这样，庙一时少了一些，和尚并没有减少。即使有些地方看来似乎减少了一些编制人员，但往往用暗度陈仓的办法改出了一批吃财政饭的"闲人"，"巡视员满天飞"，"调研员不调研"，同时还雇用一批不占名额的"临时工"，形成了"闲着媳妇请保姆"的不正常局面。这样的"精兵简政"，实际上是放了空炮。

有效进行机构改革，需要抓住职能转变这一牛鼻子。按李克强的说法，是要"把错装在政府身上的手换成市场的手"，把不该管的坚决交给社会，交给市场，政府应集中力量做好自身应当做好的宏观管理与社会服务工作。这就是在"换汤"的同时，更要"换药"。

　　应当说，在改革中，也有重视"换药"的，"把错装在政府身上的手换成市场的手"。其中一个重要表现，是创新社会管理，发展社会组织。近年来各种社会组织有着较大的发展，初步形成政府、社会和市场三种力量的配合和制衡，有力地支撑"小政府、大社会"格局的建设，这个"药"是"换"对了。不过，值得警惕的，也有挂羊头卖狗肉的"假药"。黑龙江有个"机动车驾驶人协会"，以"非营利性的社会团体"示人，可它却是交警支队的下属单位，为入会的驾驶员代缴罚款，能免扣驾驶证的积分。因有这种"免扣"特权，不到一年时间，入会费就有300万元到500万元进账，这个所谓"非营利社会团体"，实际上是"二政府"，成了行政权力牟利的新工具。公安部门这样向社会团体的"简政放权"，看似"换汤也换药"，实际上换的是一种"假药"，是在"搞变相游戏"。这一情况远非个案。

　　机构改革之所以"换汤容易换药难"，在于"换药"要触动原有的利益格局。"触动利益往往比触动灵魂还难"，这也正是改革进入深水区的标志。不过，为了实现中国梦和人民梦，再深的水也要蹚。在机构改革和其他一切改革中，我们都要以勇气、智慧和韧性，坚持换汤、换药、换真药，不搞形式主义，拒绝假冒伪劣。

2013.3.26

十七
公务员考试降温是好现象

公务员考试热今年继续降温。据统计，2013年参加考试人数为111.7万，2014年降为99万，今年则又减少9万左右，为90万。由于今年招考人数较过去多，报名人数和平均竞争比也就创下近5年的新低。

对这种降温现象，有着不同的评价。我是属于点赞派的。因为，当人人都想挤进公务员队伍，公务员这一岗位成为千军万马争过的"独木桥"时，表明青年人择业的渠道过狭了。尽管古话说"学而优则仕"，"学而优"者应当争取成为"仕"，在公务员岗位上，充分发挥自己的聪明才智，不过，社会上其他许多岗位，也都需要"学而优"者，拿"学而优为士"，从事科技文教事业来说，就有着广阔的天地。就业的道路，本应是"条条大路通罗马"的。随着全面深化改革的推进，经济社会的发展，"官本位"观念的弱化，就业途径的拓宽，越来越多年轻人不再只瞩目公务员这一"独木桥"，而是乐于从自身特点和市场需求出发选定职业，这既有利于充分展现自己的才能，也使得全社会对人力资源的配置更趋合理。公务员考试热降温，反映的是社会的发展，是人们选择职业机会的大大拓展。

公务员考试热降温，也让报考队伍更加精纯了。公务员的天职是为人民服务，想做公务员，就应公字当头，信奉立党为公、执政为民的理念。前些年，那么多人挤向公务员考试"独木桥"，并非每一个人都是出于对这份职业的热爱,而往往着眼于这一职业背后的权与利。十八大以来,随着反腐斗争和作风建设的深入进行,公务员一定要"权为民所用",奉公守法,廉政勤政。这就使一些本来想到官场发财或端"铁饭碗"享清福的人望而却步,自动被过滤掉了。这样,这一报考队伍就更精了,从而能更好地保证公务员队伍的质量。

有人担心这样降温下去,会让公务员后继乏人。这是过虑了。尽管近年报考人数减少,但今年还有99万人,招录比仍为30多人选1人,其比率还是较高的。公务员作为一种职业,一个突出特点是拥有行政权力,对那些甘于为民服务的青年人来说,可以凭借这一舞台充分发挥自己的才能,演出有声有色的人生,因而具有永久的魅力。担心后继乏人乃杞人忧天。

总之,公务员考试降温反映的是经济社会与"国考"本身的进一步健康发展,属于好现象,值得肯定与点赞。

2015.4.7

换汤 换药 换真药

十八

完善黑名单 制约失信者

李克强总理在政府工作报告中强调指出,要加强诚信建设,"让失信者寸步难行,让守信者一路畅通"。

怎样让"失信者寸步难行"呢? 李总理提到的黑名单制度,是一个有效办法。近日,逃避债务不还多年的曹某,主动到上海市徐汇区法院执行局还债的故事,说明完善的黑名单制度,是会"让失信者寸步难行"的。曹某于2002年、2003年在上海读研时曾到某银行徐汇分行办理了两笔助学贷款,双方约定按月还款。但是到了2004年毕业的时候,曹某却不见踪影,还将签约银行卡销户。在此后10年时间内,银行和法院一直在寻找他,曹某辗转上海、江西、浙江、山东多地,当上了律师,还在一所高校当上了副教授,但他总能在银行和执行法官找上门来之前消失。最终逼他现身的,是最高人民法院公布的失信被执行人名库。曹某"入库"后,发现自己工作、生活都遇到麻烦,才得知自己上了失信"黑名单",不仅工作当中被同事、领导另眼相看,影响职称的评定,还耽误了贷款买房。这样,他才迫不及待从山东乘高铁赶到上海履行债务。

应当说,近些年不少行业都颁布过黑名单,但对这些上了黑名单的失信者,并没有产生像上了最高法院失信黑名单那样大的威慑力,原因在于黑名单"不完善",缺少产生威慑力的必要条件。完善的黑名单,一是要充分曝光，面向全社会公开，不局限于某个范围，不遮遮掩掩，让那些"不怕罚款怕曝光"的失信者也"怕"起来。二是要有严厉的处罚措施，使得失信者感到得不偿失，再也不想、也不敢伸黑手了。三是各行各业联网，形成"一处违法，处处受限"的联合惩戒，像曹某那样，尽管天下很大，也无法再"躲猫猫"了。

为了完善黑名单制度，充分发挥其"让失信者寸步难行"的作用，亟需加强地方、行业信用信息系统建设及互联互通，消除"信息孤岛"，构建信息共享机制，在保护涉及公共安全、商业秘密、个人隐私等信用信息的基础上，依法使各类社会主体的信用状况透明、可核查，让失信行为无处藏身，无法逃避惩处。

诚信为立身之基，兴国之本。不论是个人还是法人，个人不论是平民还是公务员，法人不论是企业事业抑或行政单位，都不可失信。对失信者，不论是谁都应当列入黑名单。由于公权力的操守在社会中有着巨大的引导作用，更要以政务诚信带动商务诚信和社会诚信。对那些失信于民的地方政府和弄虚作假的公务员，黑名单中应当突出他们的问题。

在建立黑名单，让"失信者寸步难行"的同时，对诚信者也要建立诚信档案，也可说是"红榜"，同样是要公开透明，信息共享，让人人知道这些人是可信赖的，这也就能"让守信者一路畅通"。

2014.3.9

换汤 换药 换真药

十九

整治"假警察"要首惩以言压法

"假烟假酒假古董，假医假药假郎中"，假冒伪劣比比皆是，也许是"曾经沧海难为水"，如今再听到一些假冒伪劣现象，已经有点"处变不惊"，显得麻木了。不过，16日传来的冒牌"假警察"值守佳木斯政府大楼的消息，因其在造假上"别开了一个新生面"，又触动了我的神经。说它是造假"新生面"，一是造假竟造到作为人民保护神的人民警察头上；二是这些冒牌的假警察竟然是在值守政府大楼；三是这些假警察竟安然执勤了十多年。这些，都是一般人难以想到的。

对此，人们可以从多个角度指出佳木斯政府存在的问题，诸如丧失诚信，弄虚作假；以冒牌警察威慑上访民众，以暴压民；长期胡来，监管失灵；等等。我则认为，最大的问题，是佳木斯的一些负责官员以言代法、以权代法、以权压法。《中华人民共和国人民警察法》明确规定，人民警察的警用标志、制式服装、警械、证件为人民警察专用，其他个人和组织不得持有和使用。而那些身穿警服、肩佩警衔的冒牌警察，所以能长期在政府大楼里耀武扬威，就因为该市有关领导人有法不依，做了这些假警察的保护伞和护身符。请看，当记者询问一个佩着三级警司警衔的人，他承认自己不是警察，但理直气壮地说："我们穿警服上班，是市里很早以前批准的。警号使用六七年了，三级警司的警衔一直没换过。"当问到为何冒牌的能一直存在，不被查处，一位保卫干部的回答是："每次遇到检查，我们拿出领导批示，给他们一看就放行了。"请看，正是"市里批准"和"领导批示"，才使得这里的冒牌警察得以长期出现，并使得多次的整治都被顶了回去。据报道，从2001年至今，佳木斯市三任公安局长、副局长及时任市委政法委书记等领导，均对机关保卫人员着警服，发放警衔、警号，甚至办理警用车辆牌照等事宜有过明确支持的批示。

警服和警用标志为人民警察专用，其他个人和组织都不得持有和使用，冒称警察是犯法的，然而，这些法律规定在佳木斯一些领导的"批示"下，都形同空文和废纸。下级干部虽然知道"批示"不合法，但在佳木斯官场形成一种极不好的风气，即法律可以不管，领导的话却不能不听，这不是言大于法、以言代法、以言压法吗？

我国正依据四中全会的决定，全面推进依法治国，法律至上，任何人都要依法行事，不允许任何人以任何借口任何形式以言代法、以权压法、徇私枉法。要坚决纠正有法不依、执法不严、违法不究行为。据此，对佳木斯"假警察"事件，除了就事论事进行整改外，需要批判以言代法、以权压法的错误，查处违法行为，以增强法治意识。而据报道，佳木斯至今对违法行为的处罚没有提及。

2014.12.17

换汤 换药 换真药

二十

我国吃皇粮的人到底有多少

我国公务员到底有多少，或者说，财政供养人员有多少，应当说是不难统计出来的。可是，近些年来，各种不同的说法不断"打架"，弄得百姓一头雾水。

近日，国家公务员局公布信息说，从2008年至2010年底，四年间公务员数量增长近50万人，现达708.9万人。这些年，我国一直强调精简机构，精兵简政，"救冗官之弊"，而公务员队伍不仅没有减少，反而在大幅度上升，这一信息是有着正面提醒作用的。

不过，不少人对现有公务员总量为708.9万人，则有着怀疑。因为按此计算"官民比"，为1:188.9，低于英国的1:118，俄罗斯的1:84.7，日本的1:28.5，美国的1:12.7，可谓"全球最低"。这与人们对我国"官满为患""十牧九羊"的实际感受存有很大差距。

记得去年3月全国两会上，全国人大法律委员会副主任刘锡荣谈到，当时的公务员已经达到1000万人。他说，官员严重超标给老百姓带来沉重负担。而在国务院新闻办公室于2009年9月26日发表的《2009年中国人权事业的进展》白皮书中有这样的数据："截至2009年，全国共有290多万少数民族干部，约占干部总数7.4%。"以此推算，2009年全国干部或者说公务员为3918万。按全国13亿人口计算，官民比为1:33.18。

到底应当相信谁呢?

再往前推, 2005年3月, 在全国两会上, 一位政协委员说: "我们的官民比已经达到1:26, 比西汉高出了306倍, 比清末高出了35倍, 即使同改革开放初期的1:67和十年前的1:40相比, 吃皇粮者占总人口的比重攀升之快, 是史无前例的, 令人担忧。"4月27日, 人事部一位负责人通过媒体回应说, 我国当时的官民比应该是1:197.69, 而不是1:26。把官民比说成1:26, 可能是概念弄错了, 把财政供养的其他人员都算进去了。随后中共中央党校一位副主任又对此说"否定之否定"。他表示, 中国由财政供养的公务员和准公务员性质的人员当时超过7000万人, 以此计算, 官民比不是1:197.69, 也不是1:26, 而是高达1:18。

当前, 正在开展以为民务实清廉为主要内容的党的群众路线教育实践活动, 我国到底有多少公务员、多少财政供养人员, 应以"务实"的精神给百姓确切的答案, 切勿遮遮掩掩, 徒增社会猜疑, 同时也才真正有助于"救官冗之弊"。

2013.7.3

二十一
晒账本莫要"鬼才相信"

交通运输部23日发布了《2013年全国收费公路统计公报》,2013年度全国收费公路通行费收入3652亿元,支出4313亿元,年度亏损661亿元。

收费公路日进斗金,富得流油,人们喻为印钞机,怎么会不赚反亏呢?这与人们原有的看法过于不合辙了,有网友直言"鬼才相信"。

交通运输部公报似乎是要让"鬼相信",列出了4313亿元的"明细账":还本付息支出3147亿元、养护经费支出390亿元、运营管理支出457亿元、税费支出214亿元,其他费用支出104亿元。

不过,这一"明细账"并不能让人信服,因为它实在并不"明细",比方说,运营管理支出怎么会比养护经费支出还高出那么多,钱都花到哪里去了?高工资,高福利,人浮于事,超编严重,挪用资金建设楼堂馆所、投资理财,这是审计署专项审计中曾指出过的。此外,其中还有多少不为人所知的方式将国家的钱滴漏到个人腰包里,这里怎么不"明细"地说一说呢?还有一项支出其他费用104亿元,这个"其他"的尾巴也太大些,能不能也"明细"一下都是些什么支出,让它见见阳光。

再说,还本付息为什么总是无终期呢?有不少公路的收费总额早已远远多于原来的投资,为什么还是继续在收费呢?《中华人民共和国公路法》及收费公路管理条例规定,经营性公路收费是有期限的,最长不得超过25

年。然而，如今超期收费现象普遍存在。原京石高速河北段，收费到期后，只是新建一下，换个马甲，重新获得了22年的收费权。山东交通部门干脆直接宣布，年底到期的15条高速公路，将继续收费。如此随意延长收费年限，难怪人们感叹起"春花秋月何时了"。

交通运输部门的解释是由于要实行"统贷统还"，支持一些后来投资成本大、收回难的公路建设，这样考虑虽有一定道理，但公路收费期限是法定的，不是管理部门随意可以违背约定宣布延期的。行政必须依法，特别是面对当前全面加强法治的要求，如此我行我素，岂非明显的违法而行。也许公报发布者也意识到这一"要害"，晒收费的公报竟回避了该收费多少年这一核心问题。

晒账本，让有关信息为广大民众所了解，这种做法是好的。不过，"晒"要无保留地"晒"，实事求是地"晒"，不要遮遮掩掩，不要搪塞，认真把真实情况"明细"地说出来，不是要"鬼"信，而是让人信，方能起到沟通政民关系、集聚社会力量的作用。

2015.12.24

二十二
筑牢社会公正最后一道防线

广东健力宝集团原董事长张海违法犯罪被判刑后，花钱买通关节，造假立功，刑期一减再减，于2011年初提前出狱潜逃国外。此案涉及司法机关、看守所、监狱、法院系统以及律师20多人。司法腐败令人震惊。

像张海这样通过"假立功"获取减刑的案件并非孤例。2013年4月，龙岗区看守所在押人员杨某某举报称，赵某某长期在龙岗贩卖毒品。公安机关在交货现场"人赃俱获"，随后以涉嫌贩卖毒品罪将此案移送检察机关。检察官审案中发现疑点，反渎职部门继而追查，揭开了一起"导演犯罪，谋求立功"的案中案。原来，杨某某的委托代理人周某某、莫某某为帮他减刑，以5000元报酬诱骗赵某某到深圳帮助运送毒品，随后把这一消息转告看守所管教陈某某，由陈某某传递信息给杨某某，才有了杨某某检举"重大贩毒线索"的一幕。"策划犯罪、诱骗运毒、制造线索"，差点让20多岁的务工者赵某某成了"大毒贩"。执法者与罪犯合谋诱骗无辜者运送毒品，继而借此检举立功、骗取减刑，这是突破法律底线、严重败坏司法权威的罪行。

与骗取减刑同时的，还有一种做法，就是罪犯通过贿赂司法人员以保外就医之名逃避服刑。广东省江门市原副市长林崇中因受贿罪被判10年刑，他在审理期间买通了看守所所长、政治教导员、医务室负责人，串通医院医生制作高血压疾病的虚假鉴定材料，办好了"保外就医"，宣判当日就回到家里，一天牢都没坐。

对于患有严重疾病，需要到狱外治病的犯罪分子，准予"保外就医"，本是彰显人性的光辉，现在却成为罪犯逍遥法外的一条通道，其所以出现这样的异化，症结就在于司法腐败的作祟。

在一个社会中，凡有权力的地方都可能产生腐败，而司法腐败属于最危险的腐败。因为司法是社会公正的最后一道防线，如果这道防线也被突破，整个社会的公正也就崩溃了。司法人员枉法弄权，不依法办案，将案件办成关系案、人情案、金钱案，颠倒黑白，混淆是非，是对法律尊严的最大亵渎，是对依法治国方针的最大破坏。有人说，法治，归根到底是法院之治，司法之治。司法部门必须带头反腐倡廉，狠抓队伍自身建设，像维护自己的眼睛一样，维护法律尊严，维护社会公正。

近日，中央政法委制定了关于严格规范减刑、假释、暂予监外执行切实防止司法腐败的指导意见，是遏制大墙内外腐败的一记重拳。指导意见要求实现"谁承办谁负责、谁主管谁负责、谁签字谁负责"的制度，司法人员要对自己执法办案的质量终身负责。愿这把悬在司法人员头上的利剑，能惊醒司法人员带头反腐倡廉，实现司法公正，筑牢社会公正的最后一道防线。

2014.2.27

·········· 换汤 换药 换真药

二十三

"以命讨薪"是社会之羞

马年春节将至，一些农民工为了能带上辛苦了一年的血汗钱回家过年，正艰难地行走在坎坷的讨薪路上。在兰州市，有6名农民工因公司拖欠他们的工钱，讨要了5个月均未获结果，日前被迫爬上一幢大楼要跳楼。而在郑州市，百余名农民工于1月2日手拉横幅，跪在工地门口讨要工钱。横幅上写着"跪天跪地跪父母，老板我们给你跪下"。

薪金，是农民工劳动的报酬，本应按时按量顺顺当当地拿得，现在却被拖欠一年之久，年终要回家了还拿不到，逼得他们或走上"以命讨薪"之路，或走上屈辱讨薪之道。谁不珍惜自己的生命，谁不看重自身尊严，可是，为了拿到自己的合法所得，却不得不以命相争和以跪相求。读到这样的消息，令人心酸而又心痛。这是社会之痛，也是社会之羞。照理说，在我们今天的社会中，是不该出现这种现象的。

农民工"讨薪难"并不是一个新问题。以2003年重庆农妇熊德明向总理求助讨薪算起，也讲了十多年了。2004年政府工作报告提出，用三年时间基本解决建设领域拖欠工程款和农民工工资问题。尽管这些年来在这方面也取得一些成果，但欠薪问题在总体上并未得到有效遏制。"三年时间"的承诺也成了一纸空文。这是谁之过？可以有多方面的分析。我以为，最根本的一环，是许多地方政府对讨薪问题还缺少切肤之痛，缺少那种急农民工之急的宝贵感情，并没有认真落实相关的政策法令，没有以坚定的态度去解决它，而是被动应付，推一推、动一动。河北籍农民工安国明在沈阳市多次讨薪无果，后经新华社报道后，政府才介入，一个星期后就拿到了15万元的工钱。安国明说："我们感觉不是政府管不了欠薪，而是没有把农民工的事放在心上办。"

是的，应当把农民工讨薪问题"放在心上办"，与农民工同呼吸、共命运。要按照中央的精神，主动积极地去解决这一问题。不可采取不诉不究的做法，也不可将清理欠薪当成一项应景的、运动式的甚至是"送温暖"式的工作，只在年末搞一下，平时却少有监督、检查。别的不说，只要认真依法督促企业按月足额支付劳动者工资，就可避免大规模欠薪现象的产生，避免年终"以命讨薪""以跪求薪"现象的发生。解决农民工"讨薪难"，"非不能也"，症结在于没有用"心"去为，没有认真踏实地当作一件民生大事去做。

我们的社会主义社会以人为本，我们的人民政府以服务人民为宗旨，农民工的合法工资收入得不到起码保障，他们无助地要以"命"去讨，以"跪"去求，备受磨难与羞辱，这是社会之痛，社会之羞。希望通过群众路线教育实践活动，能尽快地抹去这一"痛"与"羞"。

2014.1.7

换汤 换药 换真药

二十四
公权对私权的任性干涉

近日，有两则消息引起网上热烈议论：

一是对民间操办红白喜事的花费标准，陕西省大荔县许庄镇中汉村制定了统一的标准：一桌酒席的费用不能超过300元，每瓶酒不能超过30元，每包烟不能超过10元，酒席只能2个热菜7个凉菜……如果违反该规定，将受到断水断电的惩戒。许庄镇政府也就此下发过文件。大荔县委宣传部的工作人员称，许庄镇红白喜事制度，目前全县正在逐步推广中。

另一桩是：四川省质监局推出川菜制作标准，对鱼香肉丝、回锅肉、麻婆豆腐等部分川菜的制作制定了精细的标准。例如，怪味鸡丝和红油鸡片，在原材料的选取上应取"饲龄为1年左右的公鸡肉"；大蒜烧鲢鱼，预处理时需要把鲢鱼"在210度的热油中炸至皮酥、色金黄"，大蒜"在130度的热油中炸至皮酥"等，其中，最引起热议的是鱼香肉丝要切成二粗丝，也就是"长10厘米、宽0.3厘米、高0.3厘米"。

这两件事反映的问题，是公权对私权任性的干涉，不当的干涉。

针对红白喜事盛行攀比和奢靡之风，试图通过制定规则来移风易俗，也有利于减轻百姓这方面的沉重经济负担，想法不能说错。但是，百姓的红白喜事，是百姓的私生活，百姓有自主权，只要不违法，公权是不应强制加以干涉的。对民间的攀比和奢靡之风，可以而且应当通过宣传教育加以引导，特别是应以官风的示范作用进行引导，但不可擅定法规加以禁止。"八项规定"等反腐倡廉的措施，是针对拥有公权力的官员的，任意用以干预民间社会生活，既侵犯了普通百姓的个人权利，也模糊了反腐的焦点，损害了法规的严肃性。

至于推出川菜制作标准，如果说是为了保证"舌尖上的安全"，那倒是政府质监部门应尽的职责，然而，却是对本应由商家自己处理的菜肴原料、烹调方法等作了详细的规定。规定鱼香肉丝要切成"长10厘米、宽0.3厘米、高0.3厘米"，可谓是海外奇谈，引来不少网民讥讽："没想到这么多年吃的鱼香肉丝都不达标。"菜品的标准化虽然可以减少餐饮消费引起的纠纷，但也就没有了"一菜一格，百菜百味"的丰美，没有了名店名厨的独创。制定这样的菜肴标准，是没事找事，也是公权对市场和经营者私权的强制干涉。

社会是多种利益结合体，需要公权的维持和调节，不过，没有国家法律授权，公权力不得进入私权利领域。而凡是没有法律禁止的，公民和私权个体则都可以为。陕西省许庄镇和四川省质监局的两项规定，侵犯了百姓和商家的自主权，是不当的。"治国就是治吏"，加强法治，首先是依法行政，为官不可不为，也不可任性乱为。

2015.10.30

二十五
从禁烧秸秆难禁说"给出路"

为加强环保, 减少污染, 我国从1999年就明令禁止焚烧秸秆, 尽管年年重申"焚烧禁令", 并且动用了卫星遥感技术进行监测, 但每年农作物收获以后, 仍然是"狼烟四起"。据报道, 10月5日到17日, 全国20个省、市、区一共监测到了862个疑似秸秆焚烧的着火点, 比去年同期增加了54个。

"焚烧禁令"推行得不可谓不严厉, "谁家麦茬谁家管, 焚烧拘留加罚款", 河南太康县村民周蒋远就因为烧秸秆近日被拘留14天。然而, 依然没有阻止住农民偷偷地焚烧秸秆。为什么堵不住呢? 秸秆本是有用之物, 烧火做饭喂牲口, 如今这方面需求变化了, 而收集秸秆需要大量人工, 随着劳动力进城打工而紧缺, 多数农民家庭已无力收集, 即使花力气收集了, 也只能卖到几分钱一公斤, 得不偿失, 还常常无人收购。焚烧省事方便, 又能及时清理了田地, 不会影响第二年的种植。所以, 大规模焚烧秸秆现象就在近十几年出现了, 内中含有合理性。对这样的问题就不能单靠"堵", 而是要堵中疏, 疏中堵, 给其中合理性的要求以"出路"。

"出路"就是要在国家与社会的层面上, 加强秸秆资源化利用, 诸如稻秆造纸、气化集中供气、生物发电等, 让秸秆变废为宝。如果农民收集秸秆不是受损而是得益, 不用严防死管, 谁也不会把"宝贝"当成垃圾烧。丹麦是世界上首先用秸秆发电的国家, 农民将秸秆卖给电厂发电, 电厂降低了原料成本，居民获得了实惠的电价，而秸秆燃烧后的草木灰又无偿地还给农民做了肥料，从而形成了一个工业与农业相衔接的循环经济圈，值得借鉴。

对社会产生危害的问题，自然要整治，但导因如果含有合理的内核，特别是有关民生的要求，则宜在疏导中予以关注解决，这也是能够"堵"住问题最有效的做法。像"马路菜场"，占道经营，噪声扰民，污染环境，妨碍交通，取缔是必要的，但同时，有卖菜人因此感到谋生无门，买菜人觉得少了方便与便宜。鉴于此，一些区镇选择适当的地方，设立"马路钟点菜场"，供菜贩设摊卖菜。由于不收或少收摊位费，成本低了，价格便宜，卖菜人方便，消费者也得到更多的实惠。经营时间有严格限定，摊主撤离前，必须将营业产生的垃圾分别装入分类口袋，送到指定地点，完成整条马路的清洁工作，恢复马路正常运行。这样，种菜人与吃菜人获得双赢，城市管理与民生需求也获得双赢。这就是在堵中疏，堵中给"出路"。

最近，我回家乡全椒一次，县城原有大量叫做"马自达"的机动三轮车，作出租车用，任意横冲直撞，致使交通十分混乱。前几次取缔后，很快就全面反弹。原因是它虽然危害交通秩序，但它是车主的谋生之道，也是许多居民的出行交通工具，简单地取缔，他们都难于接受。最近一次整治，政府一方面仔细调查了所有车主的情况与要求，帮助他们另辟谋生之道；另一方面加大公交投入，增辟了新的公交路线，增添了新的公交车，让公交出行方便起来。这样，车主与居民的民生要求并没有被"堵"死，而是在正当的"出路"中得到满足，这次的整治就未再回潮。

由此可见，那些需"堵"死的问题，内中也往往夹杂着合理的诉求，需要

换汤 换药 换真药

在处理中仔细分辨，不宜一棍子统统打死，要设法"给出路"。在"意莫高于爱民，行莫厚于乐民"的今天，对民生的要求更要"给出路"。这就要重视堵中疏。

2015.10.25

二十六
促消费回流商品要降价也要提质

　　6月1日起,我国进口化妆品、服装、纸尿裤等商品将迎来平均降幅超50%的空前力度关税调整。连同酝酿中的消费税、免税政策调整等举措,这将有利于提振国内消费,促进海外消费的回流。

　　近年来,我国公民的海外消费持续升温,每年消费总额高达万亿元。最近,我随邮轮到了韩、日两国,只见当地免税商场的顾客几乎都是我们的同胞,摩肩接踵,争相购物。一批人拎着大包小包走了,另一批人又熙熙攘攘地挤了进来。我国游客的钱包,成了这些国外商店的主要支撑。为了争取中国顾客,商店服务热情周到,说中国话,写中国字,让你在宾至如归的感觉中愉快地为他们掏腰包。

　　当时,我与同行的朋友就在议论,在全面深化改革中,拉动国内消费是加速经济发展的一个重要动力。然而,内需似乎难以有效地撬动。有人说,这是由于国人收入低,很多东西消费不起。这话在前些年说,有它一定的道理。如今,国人每年在海外消费已高达一万亿元,表明我国人民已经拥有相当的消费能力,可是他们为什么不愿在国内消费,却甘愿跑到海外作贡献呢?对此,需要采取针对性对策,引导消费回流。

　　考察国人所以不惜长途跋涉到海外购物,首先是由于价格相对比较便宜。有同行者花了2800元人民币在日本买了一个东芝电饭煲,他说在国内售价要4800元。据说，大多商品国内外的价格差，都在一半左右。之所以如此，一个重要原因，是过高的进口税抬高了进口商品的价格。要促进消费回归，就得在价格上做文章，调整税制是一个有力的措施。自然，进口商品价格的形成有多种因素，仅仅依靠降低关税是不够的。然而，此举可以产生蝴蝶效应，推动外国品牌降低在中国的售价。这方面的效应已经出现。就在财政部5月25日宣布了关税下调消息后，全球最大化妆品集团欧莱雅5月26日即明确表示，在华销售的多个品牌包括兰蔻、碧欧泉等将全面调整价格。另一化妆品巨头雅诗兰黛集团也宣布了在华产品调价计划。

此外，质量问题也是促使国人到海外购物的原因。朋友说，长期以来，我国外销商品要求高质量，而把次品、劣品留给自己用。这在过去，也许有不得不这样做的苦衷。如今人民逐渐富起来了，对生活质量要求越来越高，应当充分重视并满足民众对产品质量的需求。这次也有人在日本买了中国造的马桶盖，原因就是在国内买不到同样质量的产品。这种"外好内差"的经营做法，不仅促使消费外流，钱让别人赚去；而且有违"以民为本"的理念，到了该彻底转变的时候了。

随着人民生活水平的不断提高，让国人在国内消费就能适意舒心，而不必非要到国外消费，这不仅有利于繁荣国内市场，促进经济发展，增强国家财富，而且有助于提高人民的自豪感和幸福感。消费回流的意义不仅仅是经济上的。

2015.6.4

二十七
深圳突击限牌显露了什么

12月29日17时45分,深圳市政府召开新闻发布会,决定当日18时起,在全市实行小汽车增量调控管理。实行限牌,有效期暂定五年,每年暂定指标10万个。从发布消息到开始实行,留给当地居民突击购车的时间只有一刻钟,堪称闪电战,此举可谓果断利落,只是引来了民众的"吐槽"。

舆论的"吐槽",主要不是对限牌措施的本身,因为,限牌的措施,上海、北京、广州等城市早就实行了,深圳并非始作俑者。近些年来深圳机动车越来越多,为减少交通拥堵和大气污染,限牌并非是不能采取的措施。问题是深圳市出台这项政策,对民众搞了闪电式突击。特别是在深圳早就有限牌的传闻,相关负责人却一再"辟谣",表示深圳不会这样做,"如果深圳出台这样的政策,一定会广泛听取意见,绝对不会搞突然袭击"。一周多以前,深圳市交委负责人还在首届北上广深交通会议上明确表态,深圳不会学习北上广。然而,讲的是一套,做的又是一套,政府怎么可以这样自食其言,出尔反尔呢?

嘴上讲不会限牌,实际上却限了牌,这是"彻头"的谎言;嘴上说如要实行限牌,一定会听取意见,决不搞突然袭击,实际上则是闪电式地出了手,这是"彻尾"的谎言。深圳此谎堪称是彻头彻尾之谎,严重地损害了政府的诚信度。

换汤 换药 换真药

诚信是立身之基，是兴业之本，是治国之宝。人民政府是诚信政府，其显著特征就是言行一致，表里如一，言必信，行必果。诚信是一种美德，"以诚实守信为荣"，属社会主义荣辱观的核心内容。我们社会正大力建立诚信体系，清除一切不诚信的行为，政府理应在这方面成为表率。深圳的车辆限牌举措遭到民众"吐槽"，要害就在于自食其言，缺少诚信。

自然，不自食其言，并不等于所有说过的话就不能改了。由于情况的变化，或由于认识的进一步深化，对原先说过的话进行修改或变动，使其更加适当，不仅是可以的，也是必要的。"坚持真理，修正错误"嘛！不过，这要说明修改变动的缘由。深圳市如果对要不要采取限牌措施有一个前后变化的认识，那么，向市民讲清楚，并像事先所说的那样，将其交给市民讨论，广泛听取意见，不搞现在的这种突然袭击，我想定会得到市民的理解，不会迎来这么多"吐槽"。之所以会不顾民众感受任性而为，说明"以民为本"思想并不牢靠。有句话说："有钱会任性。"实际上，如果宗旨意识淡薄，不是民为本，而是官为主，有权更会任性。任性自食其言，搞突然袭击，从而削弱和失去最可宝贵的民众信任，是深圳从这次限牌事件中应当吸取的教训。

2014.12.31

二十八
宝鸡那个"应"字显露了什么

　　近些天来,一些地方相继推出新的献血政策,引来争议乃至"抛砖"。先是浙江浦江县规定,家长无偿献血超过4000毫升,子女中考可加分,以致网友感叹:拼爹过时,拼血时代到了!继而,陕西宝鸡市颁布新修订的《无偿献血管理办法》,规定10月1日起,本市公民在领取机动车辆驾驶证前、男女青年在领取结婚证时、高中毕业学生在接到大学入学通知书后,都应无偿献血一次。此举也立即遭到质疑。

　　面对质疑,宝鸡市中心血站副站长李拴林说,这只是一种倡议,并非硬性规定。宝鸡市卫生局官方微博也回应称:《办法》仅仅是倡议,不是强制。如果仅仅是倡导,确实并无什么不妥。当前,我国临床血液制品需求日益增长,而血液制品供应紧张,为缓解"血荒",更好地救治病人,需要大力倡导自愿献血,这也有助于弘扬救死扶伤、爱心奉献的精神。

　　不过,如果只是一种倡议,一种倡导,那为什么在《管理办法》中写成"应无偿献血"呢?要知道,"应"者,就是应当,应该。《诗·周颂》:"文王勤止,我应受之。"毛传:"应,当。"在政策法规中规定应当去做的事,意味着所涉及的公民就必须去做,这与倡导是不同的。倡导属于引导,并无强制性,公民是可做可不做的。宝鸡有关方面既然说"并非硬性规定",那怎么会用"应"字表述?

　　　　　　　　　　　　　　　　　　　换汤 换药 换真药

想来会有三种可能。一是用假话掩饰。《管理办法》的修订者本是要用政策法令强制公民献血,现在迫于舆论压力,遂改口说"只是一种倡议,并非硬性规定"。二是作风粗疏,制定政策缺乏字斟句酌精神,把不该用的"应"字用上了。三是文化修养欠缺,误读了"应"字,认为它与倡导引导没有什么区别。不管是哪种情况,内中都存在值得认真反思的问题。宝鸡市不能以有了"回应"就完事,应当认真从中吸取教训。

2014.9.30

二十九
打猎误杀百姓中的偶然与必然

在刚刚过去的11月,10多天里就发生两起打猎误杀百姓事件。先是11月9日,57岁的湖南省衡东县高湖镇羊角村村民罗运英在附近山上捡茶籽时,被衡阳市食品药品监督管理局蒸湘分局执法人员肖卫东用双管猎枪打死。继之是23日,福建省武平县城厢镇党委副书记修某与一些人上山打猎,误将村民李某昌当成野猪击中致死。

误杀百姓,是天大的命案,2名犯罪嫌疑人先后已被警方刑事拘留,当会依法惩处。

值得思考的,是怎么会有这样的"误杀"?照理说,我国是一个枪支严管的国家,普通公民是禁止拥有枪支的。《刑法》明文设有"非法持有、私藏枪支、弹药罪",对枪支的管辖是有严格规定的。案发时使用的双管猎枪,也属管制之列,案犯怎么会非法拥有枪支?其次,也不是到处可以打猎的,案发地点离居民村落不远,也不是狩猎场,案犯怎么能大摇大摆地到那里打猎呢?再说,衡阳的肖卫东是呼朋唤友,开着3 辆车来的,其中一辆是执法车,用执法车为个人打猎壮行,这不但是公车私用,还涉嫌盗法私用。请问,一般百姓能这样做吗?显然是做不了。能够驾着公车、非法持有枪支、公然到百姓住地附近山上打猎的人,一定是那些能够滥用公权力的人。果然不错,两案的主犯都是公务人员。

换汤 换药 换真药

由此可以说，打猎误杀百姓是偶然的，但是，偶然中有必然，那就是滥用手中的公权，把公权异化为个人特权，如同在经济上会贪污腐败一样，在玩打猎这一"雅好"上，就难免要"误杀"百姓。

　　两个案犯的官位都不高，但是，如同"山不在高，有仙则名"一样，只要他们私欲膨胀，又未受到法纪的严格约束，他们也会利用特权做出危害性特"高"的事。这两起打猎误杀百姓的案件，启示我们要全方位地加强对公权的约束和监督，全方位地加强法制建设，不论大官小官，都不能允许他们有任何一点超越法纪的特权。如果依法依规不允许他们非法拥有枪支，不允许他们随处打猎，不允许他们公车壮行，那么，这样的违法打猎活动就不会发生，"误杀"也自然可以避免了。

2014.12.1

三十
送礼面面俱到反映"潜规则"的普泛性

　　据新华社报道：近日，深圳一清洁公司的节日送礼名单被曝光，发帖人指该公司"长期靠拉拢腐蚀诱惑政府干部、街道干部及评标专家等暗箱操作获取项目"。该份名单涉及各街道办、城管局、环卫处、河道管养、地铁集团、人资局、信访办等20多个大小部门。有评论说，"收你钱财，给你关照"，这份名单折射出的正是部分基层执法者与企业间心照不宣的"潜规则"。

　　我以为，一个清洁公司节日送礼之广，除政府多个部门外，还包括律师和相关专家，共计248人之多。送礼对象如此面面俱到，也折射着"潜规则"在当前社会具有普泛性。"不给钱不办事，给了钱乱办事"的现象，不仅表现在企业与一些政府部门之间，同时也出现在其他有关人员身上。比如公司要达标，需经过评标专家评定，就得向这些专家送礼，以求得到关照。公司免不了会碰到纠纷，需要律师疏通关系，尽管按规定有律师费，但为得到特别关照，未雨绸缪，逢年过节也当上贡。总之，只要这个人手中的权力可能影响公司企业的，不论是行政权力，还是其他的权力，诸如评审权力、调解权力等，那些心术不正，企望通过拉拢关系求得生存发展的企业，就都会积极地去烧香。流风所及，使得社会上不正常的送礼成风。"收你钱财，给你关照"，成了一种歪风邪气的"潜规则"，它几乎侵蚀着各行各业的人。听说有个家庭主妇长袖善舞，总能以同样的价钱买到最新鲜最紧俏的商品，其

　　　　　　　　　换汤 换药 换真药

秘诀就是以送礼的方式,与营业员搞好了关系,得到了照顾。这在某种意义上,也可以说是一种权钱交易。有权的人并不限于公务员,各行各业的人,只要从事一种职业,都有相应的权力,只是不同于行政权,而是特定的专业权。即使是一个卖菜的,也有卖什么不卖什么给你的权力,一个看门的,也有让你进不进大门的权力。

正因为权力广泛地存在于人们手中,每个人都可以运用自己手中的特定权力很好地为人民服务,但如果是热衷于为人民币服务,那就会以权谋私了。"不给钱不办事,给了钱乱办事"的"潜规则"是一种歪风邪气。不论是送礼者,还是受礼者,都涉嫌腐败。深圳那家清洁公司通过送礼拉拢腐蚀干部专家获取项目,自当依法严肃查处。其送礼对象之多之广,大家都笑纳了,并无拒绝者,则昭示我们还要认真注视这一歪风邪气的普泛性,它在相当程度上已成为一种社会生态,不利于形成风清气正、吏治清明、公平正义的社会环境。这表明尽管群众路线教育活动已经取得很大成绩,但作风建设永远在路上,官员干部要不断带头改作风、反腐败,各行各业的人也当认真改作风、反腐败。

2014.10.26

三十一
以新对策 "吃老板" 并非 "个别"

"上有政策,下有对策",是官场中一种阳奉阴违的做法。随着反腐败和反 "四风" 活动的深入开展,伴着腐败和 "四风" 的被遏制,这种阳奉阴违的现象也在减少。然而,远没有绝迹,而是适应情况的变化,在 "对策" 上不断翻出新招。

拿公款吃喝来说,在当前反腐 "高压" 态势下,虽然已有明显减少,但仍有一些干部管不住自己的嘴,采取新的 "对策",将吃喝地点转移到了企业,"不吃公款吃老板"。据新华社记者暗访发现,一些干部将吃喝地点选择在偏僻的郊外,有的直接就在企业的办公楼内。现在很多老板都有自己的食堂,厨师除了做中午的工作餐,最重要的就是晚宴接待。政府官员来此赴宴,但他们的身份都很神秘,只有老板才清楚。宴会多以同学聚会、好朋友聚餐等名义进行。有知情者透露:"现在吃公款是肯定不行了,顶风违纪危险高。招待外地来的重要客人,只能到这些老板的自留地。"

到 "老板的自留地" 去 "吃老板",看似是老板买单,花的不是公款,实际损害的还是公共利益。老板不会无缘无故请官员吃饭的,他们看中的是官员手中的权力,花钱请官员吃喝,只不过是想得到权力的庇护,为他们开后门,得好处。一位企业高管表示:"不与官员拉近关系,很多环节公事公办或者按照最后时限办理,我们的成本就增加了一大块,所以只能把这些实权人

换汤 换药 换真药

物'供'起来。"企业老板正是通过"供"的办法，邀请官员到企业吃喝，搭建起一个权钱交易的平台，由于"吃人家的嘴短"，一些官员就会让原本不能办、不好办的事情变得能办、好办，从而把国家、集体的利益输送给老板。

因此，"不吃公款吃老板"，是"换汤不换药"，只是一种"对策"上的变化。媒体与时俱进，及时揭露了一些官员"将吃喝地点转移到了企业"的新动态，显示了新闻报道的敏锐性，值得赞许。只是有些媒体报道标题上突出是"个别干部顶风奢靡"，这一"个别干部"之说，不仅与报道中提到的事实不符，而且也削弱了报道的战斗性。既然是"个别干部"的问题，个别处理一下就可以了，还值得这么在全国广而告之吗？这当中恐怕也反映一种思维套子，讲成绩轰轰烈烈，讲问题轻描淡写，以防止被认为是对现实抹黑。实际上，作风建设的长期性、反复性和艰巨性，决定吃喝奢靡之风不可能一下子就变成"个别"的。在深入反"四风"中，需要遵照中央一再强调的求真务实精神，坚决查处一切"上有政策、下有对策"，有令不行、有禁不止行为，不获全胜，绝不收兵。

2014.11.1

三十二
整治"打白条"要防止"打白条"

一年多来的群众路线教育实践活动取得了重大成果,在新华社播发的"一份实实在在的作风建设成绩单"中,提到查处对群众欠账不付、欠款不还、"打白条"耍赖账的问题1.6万条,5万余人。

政府部门欠账"打白条",特别是滥吃滥喝拖欠百姓钱款,引发群众不满,削弱了党和政府与群众的联系。现在,对这方面问题的整治取得显著效果,令人欣慰。不过,正如习近平同志在群众路线教育实践活动总结大会上的讲话所指出的,"四风"问题有所收敛,但树倒根存,必须以锲而不舍、驰而不息的决心和毅力,把作风建设不断引向深入。就"打白条"问题来说,虽然查处了不少,但并没有全部查清,查出了也还没有全部作妥善处理,因此,"不可沽名学霸王",必须乘胜前行。

近来,多地发生餐饮企业向地方政府讨要吃喝白条欠账的事件:9月,河南省新乡市东方宾馆挂起条幅,老板向古固寨镇政府讨要吃喝欠账。6月,北京延庆一乡村饭馆老板拿着白条,将延庆县一村委会告上法庭。河南省某镇一家饭店老板王全(化名)说,他开了多年饭店,被镇政府和各个村拖欠了几十万元,时间最长的一张白条是1994年的。湖北省阳新县三溪镇金三湖宾馆5年间被10多个政府单位打白条吃垮,累计遭欠餐费40多万元,8月,店主被迫求助媒体"讨债"。这种"讨债潮"的出现,表明"打白条"仍然

·········· 换汤 换药 换真药

是需要抓紧进一步解决的问题。

一些地方政府之所以能凭"打白条"滥吃滥喝,说白了,靠的是权力。餐馆老板之所以接受打白条,既是相信政府人员有权,说话会算话,同时也是想巴结政府,搞好关系,得到方便。随着"八项规定"的深入贯彻,公款大吃大喝受到遏制,主要依靠公款消费的餐馆生意下滑,这就化解了相关餐馆老板原有对"权"的期待,因而纷纷要求兑现"白条"了。

欠债还钱,天经地义。为对人民群众负责,为维护政府的威信,凡政府人员打的"白条",都应当一一向债主兑现。即使前任走了,后任也要认账。其中并非用于正常的公务接待,而是属于个人的滥吃滥喝,则应由当事人还债,如内中涉及腐败,除了要归还欠款,还有必要进行查处。由于机构人事的变动,如今有些债主讨债无门,相关地方政府应当积极过问,不可一推了之,这也是关心群众、为群众解决困难的题中之义。并且要从全面妥善解决"打白条"的问题中,完善相关法律与制度,杜绝类似的"打白条"今后再继续发生。

这就是说,对"打白条"的整治,"宜将剩勇追穷寇",必须继续深入进行,以期获得全胜。要做到让"白条"都能兑现,如果"口惠而实不至",最后债主还是讨不到债,这样的整治也成了"打白条",需要加以防止。

2014.10.11

三十三

公车私用中的公车私有

河北省保定市高阳县纪检委17日通报称：该县政法委常务副书记孙宗琪在2014年5月3日至5月6日期间，私自驾驶公车去武汉办理私事，违反中央八项纪律规定，为此，该县县委作出决定：免去孙宗琪政法委常务副书记职务，并给予其党内严重警告处分。

初读这条消息，觉得高阳县纪检委对公车私用现象的处理是及时的，而且给事主免职的处分也是比较严格的。当前各地对公车私用的处理，一般多是给当事人警告处分，像西藏各级纪检监察机关近日的通报，对"五一"节前后发生的6起党员干部公车私用问题，均是给犯规者党内或行政警告。

再细读这条消息，原来公车私用的孙宗琪，在武汉还发生了一起交通事故，造成人员伤亡，而他所乘的由县政法委一名工作人员驾驶的公车（车牌照号为冀FDM023）却在现场逃逸。这就不仅是违规，而且涉嫌违法了。纸包不住火，武汉警方当即介入调查处理，迫使高阳县委只得及时亮剑，对有可能判刑的人，免职的处分也就理所当然了。

公车私用的现象，近来不断被查处，这是落实中央"八项规定"，改变不正之风的成果，是值得充分肯定的。不过，被查处的公车私用，多是被举报、被检查，乃至是出了交通事故后才被处理的。还有众多的未被举报、未受

换汤 换药 换真药

到检查,也未出交通事故的公车私用,仍在大行其道。彻底解决公车私用问题,可谓"战斗正未有穷期"。

　　这里需要真正的动真格。公车私用中有一种现象,就是公车私有。一些政府部门,包括许多国有企事业单位,给一些干部配备公务自驾车,拿到车钥匙后,该车就归干部自驾了。一个人占有一部车子,除了上下班和出公差外,大量用途是自己和家人随意使用,而汽油和保修等一切费用,都由公家报销。一些地方官员调任时甚至可以随意带走自用的公车,而不受任何阻拦和追究,表明这种"公车私有",不仅在使用权上,而且在所有权上,实际上都已化公为私。这种公车私用、私有的现象,是秃子头上的虱子,明摆着的,根本不需要群众举报,也不需要上级检查,只要查一查单位的车辆档案记录,哪些人在享受这样的"特权",就一清二楚。可是,对这种公车私有现象,现在却少有触动。我曾在文章中说过,"公车私有"较"公车私用"更腐败,查处"车轮上的腐败",不可停留于"私用",同时要瞄准"私有"。由于缺乏针对性的整治,许多公车私有者已经"习惯成自然",真的以为车子就是他们自己的了,如今还在堂而皇之地公车私用,或带家人乘坐,或用以外出旅游。

2014.6.18

三十四

会议费是个"筐"

　　开展群众路线教育实践活动以来，不少地方纷纷削减"文山会海"，会议经费也相应下降。然而，也有一些部门的会议费非但没有下降，反而"逆势上扬"。据新华社记者报道，广州市对外贸易经济合作局的会议费增长了4倍多，广州市外事办的会议费增长了1.1倍。广州市公安局、教育局、人社局、工商局、外事办5个部门的会议费预算均过千万。广州市花都区2014年预算晒出的会议费是2850万元。如果按一年250个工作日计算，每天的会议费超过11万元。会议费膨胀为"三公经费"之外的"第四公"。

　　会议经费之所以过高，通常说来，是由于会议过多过滥过长，挥霍浪费严重，往往成为用公款吃喝游乐的遮羞布与挡箭牌。多年前民间就流传这样的顺口溜："开会像过年，酒肉都齐全。开会开会，一开就醉。一天会议两天玩，四天五天是参观，六天七天算中转，八天九天把家还，回来还得歇一天，凑足十天花万元。"近年来，在中央"八项规定"等党纪法规下达后，这种会议过滥过奢的情况，从总的方面来看，有了很大的改变，会议经费在下降。而那些会议经费还在"逆势上扬"的地方和部门，其花销主要已不在会议本身，而是进而把会议当作一个"筐"，把在其他方面已不能报销的花销，用会议的名义进行报销。由于公务接待的口袋越扎越紧，公开挥霍公款吃喝玩乐已难以进行，那些在暗中继续挥霍的账单，就以会议费名义出现了。

.... 换汤 换药 换真药

试想,一个区平均每天开会怎么可能要花掉11万元,实际上是鱼目混珠,李代桃僵,把不便于报销的费用列入会议费支出。会议不仅成为挥霍浪费的"筐",而且也成为报销造假的"筐"、藏污纳垢的"筐"。

一些地方和部门会议费的逆势上扬,表明要进一步加强和健全会议费的管理,让会议这个"筐子"完完全全放到阳光中,放到有关机构和群众的监督之下,它只能承载会议必要的费用,绝不容其他违规花销混迹其中。

2014.5.12

三十五
反腐败不正之风永远在路上

　　刚刚过去的马年春节，在中央"八项规定"等严令之下，显出了近年来少有的风清气正。福建宁德一个政府宿舍小区门卫说，往年春节前一个月，就不断有人前来向官员送礼，有时车辆把小区门口都堵住了，高级礼品堆满门卫室，他既在维持交通秩序，又要忙着登记礼品转交收礼人，忙得没有一点空闲。今年送礼的人基本没有了，他自嘲"快失业了"。面对这样的转变，人们都齐声赞好。

　　不过，春节的送礼之风，特别是要重点反对的"礼贿"之风，虽有所减少，但并未根除。那些用作"糖衣炮弹"的礼品礼金，仍在继续发射，一些官员也还是来者不拒，继续笑纳，只是在方式方法上更加隐蔽而已。在收送购物卡上，出现了更为隐蔽的"礼品册""商务卡"，收受这些新型购物卡，双方不需要见面，通过网上操作即可，以求做到"人不知，鬼不觉"。每张卡少则几百元，多则几千元、上万元。

　　同时，更有人将"礼贿"变为压岁钱的形式，送给领导的孩子。有些生意人为了与相关官员拉关系，套近乎，过去每年都是要送礼的，今年不能明目张胆地送了，就改为向他们的孩子送红包。他们说："禁令没说不让孩子收红包，这样给出去，大家都没压力。"一位杭州商人讲他送礼的标准，是每人2000元起步，"其中有个特别重要的领导，孩子要去美国读书，我在饭桌上

换汤 换药 换真药

给了一万元，客气说就是张飞机票，他父母也高兴笑纳了"。

　　凡此种种表明，反对送礼特别是"礼贿"之风，是不可能毕其功于一役的。反掉了一部分，还有一部分存在。明着的反掉了，还有暗的存在。这种形式的反掉了，别种形式的又冒出来。今天反掉了，明天会"吹又生"。因此，反"四风"，反腐败，不可因一时取得的成果而自满懈怠，需要以不断革命的精神，不断将其向前推进。习近平同志说："作风建设永远在路上。"反腐败不正之风也就永远在路上。

　　之所以"永远在路上"，是因为腐败不正之风的滋生，有着历史的、社会的、思想的多重复杂原因。拿"礼贿"来说，本质上并不是什么"人情来往"，而是为了私利"巴结权力"。不深入进行体制改革，不把"权力关在笼子里"，不实现社会的公平正义，不高扬法律权威和道德精神，这种不正之风就不会消灭。社会的改革需要"打组合拳"，让我们"在路上"全面出击，不停地向前，向前！

2014.2.7

三十六
"龙种"和"跳蚤"

近来，脑海里不时浮起德国诗人海涅的话："播下的是龙种，收获的却是跳蚤。"按自然规律来说，应当是"龙生龙，凤生凤，老鼠生儿会打洞"，"龙种"怎么会生出"跳蚤"呢？不过在社会生活领域，这种变异或者说异化的情况，是并不稀少的。

龙，传说中的灵异动物，万兽之首，春分登天，秋分潜渊，兴云播雨，造福人间，人们用其作吉祥之兆，所谓"龙凤吉祥"是也。播"龙种"，就是播吉祥幸福的种子。在当代中国，社会生活中的"龙种"，当首推改革。因为，改革是经济和社会发展的动力，是坚持和发展中国特色社会主义的必由之路。近三十多年中国社会的巨变，就是由于改革之花的绽放，要让全国人民生活进一步走向富裕幸福，也还是要大力推进改革。十八大报告强调，"全面建成小康社会，必须以更大的政治勇气和智慧，不失时机深化重要领域改革"。

如今，各条战线各个方面都在大力播撒改革的"龙种"，改革不符合规律的东西，改革不合理的东西，改革有损人民利益的东西，以期经济更加可持续发展，社会更加民主、公正、公平，生态上实现人与自然的和谐，使人民生活更加幸福吉祥。应当说，事情正是这样在发展。但是，也不能不看到，也确有播下的"龙种"，收获的却不是人民期待的"龙"，而是令人厌恶的"跳蚤"。

且拿公车改革来说，公车消费，过多过滥，黑洞多多，存在着挥霍浪费和化公为私的腐败问题，早为社会诟病。在强大的舆论压力下，一些地区和单位起步公车改革，其做法多为在一定干部范围内取消专用公车，改发车贴。如果车贴合理，不失为一种改革办法。但是，车贴的标准，大多不是根据实际工作的需要而定，而是按干部职级高低给予不同的数额，多的每月可拿到四五千元，有百姓调侃道：要这么多"车贴"，是不是天天在"跑长途"？实际上，这是将原先灰色的"公车私用"，公然改成了合法的"公款私用"，是将"私用"漂"白"了，获得了合法的"白"色身份。还有一个地方的电力公司的"车改"，是改为全系统300名副处长以上的干部配备公务自驾车，一切车辆费用均由公司承担，拿到车钥匙后该车就归干部自驾了。这是进而将"公车私用"，改成合法的"公车私有"。如此借公车改革之名，行化公为私的掠夺之实，不正是海涅说的"播下的是龙种，收获的却是跳蚤"吗？

今年全国两会后，政府机构改革加速，精兵简政，转变职能，"把错放在政府身上的手换成市场的手"，其中一个重要表现，是创新社会管理，发展社会组织。近年来各种社会组织有着较大的发展，初步形成政府、社会和市场三种力量的配合和制衡，有力地支撑"小政府、大社会"格局的建设，这样的改革是对头的。不过，也有挂羊头卖狗肉的。黑龙江有个"机动车驾驶人协会"，以"非营利性的社会团体"标榜，可它却是交警支队的下属单位，为入会的驾驶员代缴罚款，能免扣驾驶证的积分。因有这种行政性的"免扣"特权，不到一年时间，入会费就有300万元到500万元进账，这个所谓"非营利社会团体"，实际上是"二政府"，成了行政权力牟利的新工具。政府部门这样向社会团体"简政放权"，是在"搞变相游戏"。如此把社会组织作为公权力套现的"儿皇帝"，在山西等地也屡有出现。

之所以如此，是因为这些改革并没有触动原有的利益格局。邓小平说过，改革也是一场革命，没有革命精神，像公车改革、简政放权之类，不敢或不愿触动以权自肥者的既得利益和贪欲，不仅难于取得实效，而且会背道而驰，出现由"龙"到"蚤"的变异。

　　深入考察这种变异，可以发现这些所谓改革并非真正意义上的改革，是借改革之名行反改革之实，或者说是"打着红旗反红旗"。这样的假"龙种"，生下"跳蚤"也就不足奇了。它又使我想到了法国罗兰夫人的一句话。在法国大革命期间，当权的雅各宾派以自由的名义，将"吉伦特派灵魂"罗兰夫人送上了断头台，罗兰夫人临刑前说道："自由呵，自由，天下有多少罪恶假汝以行。"这里，在改革中假"龙种"以行，实际上是赝品假货，结果是生下了"跳蚤"，也就顺理成章了。

2013.5.16

　换汤 换药 换真药

三十七

车贴不宜以"权"分配

近来, 随着整体改革的向前推进, 备受公众关注的公车改革也在加速, 这是值得赞许的事。不过, 公车改革是要革掉不合理的东西, 要真刀真枪, 不能"换汤不换药", 更不可"南辕北辙", 结果不是改掉了不合理的东西, 而是扩大了不合理的东西。

许多地方在公车改革中, 在取消专用公车的同时, 多采用车贴的方法进行补助。如果车贴金额合理, 不失为一个改革办法。这个合理性, 依据的应当是公职人员外出公办实际需要花费的车资。可是, 现在多是按照干部不同级别确定不同标准的车贴, 级别越高, 车贴越多。比如:

温州市按职务层级划分为7个补贴档次, 每人每月最高补贴3100元, 最低为300元, 正处级干部车补3100元。

江西新余市, 从正县、调研员、副县到科员、办事员共分9档, 每人每月从300元到2500元不等。

五粮集团按不同职级的干部, 每月分发800元到2500元的车贴。

据称, 上海的一些单位也是按干部级别高低发放不同金额的车贴。

这里有两个问题: 一是之所以要有车贴, 是为了贴补外出办公的乘车花费, 金额多少应按实际支出而定。一般说来, 下级干部多是"跑腿的", 其外出的次数要比那些"动嘴的"上层干部多。照理说, 是下层干部的车贴要高于上层干部,如今却"倒过来",最上层的干部要比最下层的高出十倍左右。这是以车贴之名,行职务津贴之实。这不是按需分配,而是按"权"分配。

二是车贴金额远远高于实际的需要。一个正处级干部每月车补高达3100元,如果一个月按22个工作日计算,平均一天车补就有140多元,如果打车的话,至少够100多公里的车费。每天要外出跑那么远的路程去办事?是不是天天在"跑长途"?这是将过去的"公车私用"改为"公款私用",反而把"私用"漂"白"了,借车改之名获得合法的"白"色身份。要知道,三四千元的车贴,都高于当地最低工资标准两三倍。这不更加扩大社会的不公吗?

有些地方说,取消专用公车改为车贴后,已节约多少多少财政支出,这点我信。然而,改革不应当以原来的不合理制度作为参照系。原来的黑洞太深了,挥霍浪费巨量国帑,现在减少的支出还只是小小一部分,水分还大着呢。同时,内中特权横行,加剧社会不公。公车改革应在经济上堵塞漏洞的同时,在政治上促进社会公平公正的发展。如今车改按"权"分配,给人南辕北辙之感。要警惕借公车改革之名,行化公为私之实。

2014.1.9

三十八
精辟的"三拒绝"

　　俞正声同志在全国政协十二届一次会议闭幕会上的讲话中,讲到政协委员是政协工作的主体,责任重,影响大,社会关注,要认真履职时,提到三个"拒绝",高屋建瓴,切中时弊,十分精辟,对所有公职人员都有着重要的启迪和指导意义。

　　一是拒绝冷漠和懈怠。对政协委员来说,就是要遵守章程,认真履责,坚持真理,勇于直言,不可做"挂名委员",不可无所事事。不仅开会时要认真建言献策,平时也要关心民瘼,多作调查研究,做"全天候"委员,在相当意义上可以说,"功夫在会外"。同理,一切公职人员都应当时时刻刻履行为民服务的职责,权为民所用,情为民所系,利为民所谋,不可玩忽职守,不可"冷漠和懈怠"。

　　二是拒绝浮躁和脱离国情的极端主张。就是说,要善于学习,勤于思考,深入实际,实事求是,力求客观公正地谈问题,提建议。全国两会上众多的提案和议案,体现了这一精神。但也有些反映出不顾实际的浮躁和急躁。我国虽然现在已是世界第二大经济体,但人均GDP仍排在世界后位,只看前面,不问后面,随意提出一些过高过急的民生要求,如建议政府向每户城镇居民提供一套经济适用房,工薪阶层免征个税等,这种想"一口吃成胖子"的极端主张,违背了"看菜吃饭,量体裁衣"的实事求是原则,只能把事情搞坏。急于求成的教训，历史上是够多的了。上世纪50年代的"吃饭不要钱"，成为引发随后全国饥馑的重要导因。政府需要用更大气力、更多投入、更细致的方式，做好保障和改善民生工作，但是，在尽力而为的同时，也不可超越可能性，而是要量力而行。革命热情与求实精神的完美结合，是马克思主义制胜的法宝，也是科学发展观的精髓。

三是拒绝奢侈和一切利用权力或影响谋取私利的行为。就是说要遵纪守法，克己奉公，厉行节约，勤俭办事。这点，今年两会的会风做了很好的体现，但愿这股新风持续地吹开去。在近年各地查处的腐败案和被曝光的违法事件中，也有头戴政协帽子的人。虽然这是他们个人的问题，但也会影响政协委员和政协的名声。政协委员一样需要人民群众的监督，需要"拒绝奢侈和一切利用权力和影响谋取私利的行为"。

不破不立，有破有立，拒绝不好的，是为了接纳弘扬好的。俞正声同志"三拒绝"的精辟、精当、精彩，正在于触及了时弊，更有力地张扬了执政为民、廉洁奉公和实事求是、不骄不躁的可贵精神。

2013.3.14

三十九
官员房产信息不属于隐私

近日,福建漳州、江苏盐城等地出台房屋信息查询规范,禁止"以人查房",理由是保护个人隐私权。对此虽然也有人赞同,多数人则认为这是对"房叔""房婶"一类"房腐"的保护,也还有人觉得"两难":保护公民隐私权和反腐败都很重要,鱼与熊掌难以两兼。

我说,全面正确地理解了公民隐私权,就不会感到"两难"了。隐私权确是公民(自然人)所享有的人格权中的一项重要内容,受到法律保护。不过,官员不同于一般平民,他们的隐私权因担任公职而受到限制,一些可能影响到公共利益的私人信息应为公众知悉。比如说,公民的年龄、学历、经历、电话等,一般属于个人隐私,但官员却要公布,以便公众了解。公民的个人财产,包括房产,也属于隐私,别人不可随便查询,但对官员来说,却不属于隐私保护的范围。这是为了防止官员利用手中掌握的公权力,以权谋私,监守自盗,要把它放在公众的监督阳光之下。中央近几年一直在各地搞官员财产公开的试点,就是对这项制度合法性的承认。"以人查房",并没有侵犯官员的隐私权。

有人担心,开了这个口子,普通民众房产信息被查,不还是侵犯了公民隐私权吗?这好办,设置两套查询系统,将官员的房产信息与平民的房产信息分开,不就行了吗?官员房产信息可以让人查,以利反腐,平民房产信息则不能随意查,以保护隐私,这不就鱼与熊掌两兼了吗?

将官员和平民的房产信息系统分开的做法不难想出,平民与官员的隐私保护有别也不难知道,而正当"房叔""房婶"等"房腐"事件借查询房产信息纷纷曝光,"以人查房"成为部分官员的梦魇时,一些地方却打起保护个人隐私权的旗帜,混淆官员与平民的分别,出台禁止"以人查房"的规定,这是在"保护"谁,"保护"什么,值得查一查。

2013.2.20

换汤 换药 换真药

四十

推行政府雇员制要配套改革

近年来，不少省市陆续开展了公务员聘任制试点工作。公务员聘任制按照西方的说法，叫做政府雇员制。政府雇员是政府根据工作需要，从社会上雇用为政府工作的人员。政府雇员不是依照《公务员法》对他们进行管理，而是依照聘用合同进行考核管理。合同到期后，可续约，可走人，是一种企业化管理模式。政府雇员制的推行，有助于政府建立人员能进能出的用人新机制。据此，有文章呼吁："不妨大力推广政府雇员制。"

我则以为，对政府雇员制可以"试点"，但目前尚不宜"大力推广"。

早在2002年6月，吉林省就出台了相关规定，聘用了首批政府雇员。此后不久，深圳市也开展了公务员聘任制的试点工作。二十年过去，之所以还未能"大力推广"，是因为政府机构臃肿，冗员过多，"十羊九牧"，人浮于事。尽管中央一再要求"精兵简政"，压缩人员编制，好不容易裁了一些冗员，但却像割韭菜一样，割了一批，又长出一批。这些年来，我国财政供养人员仍然在向上增长，这种增长虽然与我国社会主义事业快速发展有关，但也与"政"未能"简"、"兵"未能"精"分不开，官民比例失调，"坐无事之人而食有限之禄"。在这样的情况下，首要任务是"精兵简政"，"救官冗之弊"。倘若原有的"官冗"还未解除，又哗啦啦地增加一批政府雇员，尽管不是终身制，但一样用国家的财政，就会使政府"冗"上加"冗"，纳税人负担重上加重。

有人以西方一些国家政府雇员越来越多为例，说明要加快发展政府雇员制。是的，西方国家在公务员制度改革中，聘用的政府雇员有着明显的增多。但是，政府雇员的增加，是伴随着选任和委任的政府官员的减少同时进行的。美国公务员中终身制公务员比例已由1930年代的87.9%减到现在的55.5%。而澳大利亚从1997年开始，除15%的老公务员是终身制，其他公务员均实行合同制。只有大力减掉旧的，再增加新的，才能达到改革公务员制度的目的。倘若旧的不去，只管增加新的，则只会加剧"官冗之弊"。

　　据此，我以为，政府雇员制在当前不宜孤军前行，而必须与"精兵简政"一起实行配套改革，以防"闲着媳妇请保姆"，更添"官冗"之害。

2013.6.2

四十一
聘任公务员宜少宜慎

近年来，全国不少地方政府陆续聘任了一些公务员。按照公务员法规定，根据工作需要，经省级以上公务员主管部门批准，机关可以对专业性较强的职位和辅助性职位实行聘任制。五一小长假过后，浙江义乌市以30万年薪招聘的5名聘任制公务员即将上岗的消息，引起社会的关注和热议。

关注和热议的问题之一，是在委任的公务员之外，是否还需要聘任公务员。我想，适当地运用聘任制，是有必要的。因为，聘任制主要是政府用高薪招聘一些专门人才作为雇员，服务于政府某项工作或某一政府部门，他们不具有行政职务，不行使权力。义乌这次招聘的，就都是针对当前国际贸易综合改革试点中急需的专业人才，如公安局交通信号灯管理高级主管、规划局规划编制高管等。而且，不同于委任官员的终身制，聘任制有一定的聘任期，聘任的人员到期如不续聘就自动走人，这一"能进能出"的机制，会给政府人员流动带来活力。

不过，我同时认为，当前不宜过多地发展聘任制公务员。首先，因为我国公务员队伍已经膨胀，冗官不少，"十羊九牧"，官民比例失调。它既加重了百姓的负担，加剧了国家财政的压力，也加剧了官僚主义、形式主义的泛滥。深化政府改革的一个重要方面，就是要精简机构，精官简政。需要将委任制的公务员的作用充分发挥出来，除非是专业性特强的岗位无人胜任必须聘任他人，一般就不应再开聘任制的口子，把公务员的队伍搞得更加膨胀，形成一种"闲着媳妇请保姆"的不正常局面。

其次，聘任来的公务员一定要遵守聘任制的规则，不搞终身制，能进能出。否则，聘任制的活力就难存在，只是变成多开了一道使公务员队伍更加臃肿的通道，有害无益。深圳市3年前就聘任了一批公务员，在该市3万多名公务员中，聘任制公务员达10%。如今首聘3年期满，3200多人竟无一人解聘，全部进入续聘期。聘任的公务员由于端的是"瓷饭碗"，促使他们工作不敢懈怠，多数表现较好，是可以理解的，然而，"十个指头有长短"，专业需要情况也会有变化，3000多人无一解聘，出现"零淘汰"，似也有点"不正常"。失去了淘汰的压力，把"瓷饭碗"变成了"铁饭碗"，也就无助于推进和健全公务员的退出机制，从而失去聘任制的积极意义。

2014.5.5

四十二

汤庆福是"金刚不坏之身"

时代楷模汤庆福，是有口皆碑的"中国好官"，他信念坚定，一心为民，勤政务实，敢于担当，在上海外经贸领导岗位上，做出了杰出的贡献。同时，他淡泊名利，清正廉洁，为手中的权力紧紧套上了"笼子"，不谋取半点私利。他是局级干部，配有专车，尽管用车很方便，但他恪守"公车绝不私用"的原则，10年多来从未用公车给家人办过一件私事。即使他自己与早年在部队中的战友聚会，他也不用公车。每次聚会结束，有些战友想"蹭"他的公车，却回回见他"公交来公交去"。对比时下的公车，常有三分之一以上的时间私用，汤庆福这种公私分明、一尘不染的严于律己精神，发出金子般的灿烂光芒。

汤庆福家的住房，是一套普普通通三居室。汤庆福是"金刚不坏之身"。

一个干部是否清廉，有没有以权谋私，透过他日常生活的表现，诸如用车、住房等情况，就能露出端倪。客厅没空调，墙角已脱落，窗台早斑驳。几年前岳母动迁，暂住汤庆福家，他便和妻子在书房和客厅打了7个半月地铺。10多年前，他的住房改善问题，单位的领导曾过问过，先是提议换大房子，被婉拒；后改成增配一间，又被谢绝。在有些人看来，对一位局级干部来说，这样的居住条件是太差了，但对他来说，做官是为了做事，不是为了个人享受，他甘于"身居陋室,心怀天下",以奉献为乐。这种情操,早在33年前,他给当时的恋人、后来的妻子胡小凤的一封情书中,就明确写道:要"一起分享学习和工作的欢乐",而不稀罕和羡慕金钱带来更多的物质享受。

汤庆福爱妻子和儿子,在思想上、学习上、生活上给了他们多方关怀帮助,家庭生活和谐幸福,但他决不利用公权为他们办事。妻子50岁时,被单位"一刀切"提前退休,她不甘赋闲,汤庆福竟"丑话说在前头":找工作"不能在我任职的系统内找"。后来,妻子经过自己的努力,在一家与外经贸"八杆子打不着"的民营企业谋到了职。儿子汤奕飞在成长过程中,也从未有机会"拼爹"。汤奕飞考大学时,汤庆福曾有一位朋友主动提出,可以帮助联系高校里的熟人让汤奕飞进热门大学,被他一口回绝。凭借自己的实力,汤奕飞考上了名牌大学。"家属关",是考验官员的一个重要关口,凡贪腐之徒都过不了这一关。汤庆福在这里仍然坚守着"公权为公,绝不为私"的信念,说明他不为社会上任何歪风邪气所动,"拒腐蚀,永不沾",是个"金刚不坏之身"。

对一个干部来说,一阵子清廉并不难,几件事上清廉也不难,难的是一辈子清廉,方方面面都清廉,而这些汤庆福做到了,他一生清廉,处处事事清廉,即使在用车等日常生活上,也严于律己,克己奉公。他为民、务实、清廉,不愧为时代楷模,是焦裕禄式好干部,其精神将长久烛照大地。

2014.11.2

四十三
梁慧丽 "为民鼓与呼"

上海市普陀区莲花公寓党总支书记、居委会主任梁慧丽，是受居民爱戴的"小巷总理"。莲花公寓是一个大型动迁安置基地，1999年来自普陀、闸北、长宁等区的2000多户动迁居民入住后，发现这竟是一个"五无临时"小区：无自来水，居民天天排队抢水；无管道煤气，用液化气，最近的液化气站在5公里以外；周边无公交线路；无有线电视；无商业网点；生活用电拉的是"临时线"。居民们根本体会不到乔迁新居的欢欣，窝了一肚子火，怨声载道。

也是从别处迁来的梁慧丽，受命于危难之中，面对这样一个烂摊子，迎难而上。她"以人民之心为心"，理解居民的抱怨和怒气。她想，这样的生活，实在太艰难了。要改变居民的态度，只有尽快解决他们的实际困难。她一面尽自己的可能，团结班子人员解决一些可能解决的实际问题；同时，积极向上级反映群众呼声、讲问题、提意见。对看来一时难以解决的事，她会想方设法一遍遍跑、一趟趟盯，直到解决为止。镇政府、区的委办局，还有镇、区和市三级人大，她都去反映过情况，因此得到了"意见书记"的外号。为通有线电视，让居民能看上电视，她还给时任市长的徐匡迪写过信，终于解决了开通中的阻力，当小区通电视那天，居民放了烟花爆竹以示庆祝。

"小巷总理"面对群众的日常生活，居民中有着大量实际问题需要及时解决, 要赢得群众的爱戴, 需要切切实实地为群众排忧解难, 不拒绝任何琐事小事, 不厌烦婆婆妈妈。梁慧丽就是这样做的。她关心困难户, 陪伴孤老, 将卫生站、食堂、超市引入小区, 改善居民服务。然而, 居民中有不少问题, 并非居委会职权内所能解决的, 这就需要积极向上级反映。"小巷总理", 处于最基层, 最接地气, 最了解民生疾苦, 最懂得民众的所思所想, 也就最能真实地反映民情民意。一个好的"小巷总理", 既要勤于动手, 做实事; 也要勇于动口, 像梁慧丽一样, 做"意见书记""意见主任"。

向上级反映群众的意见和要求, 是在为人民鼓与呼。彭老总(德怀)写于1958年的《故乡行》, 面对当时"谷撒地, 薯叶枯, 青壮炼铁去, 收禾童与姑。来年日子怎么过"的现实, 他响亮地表示"我为人民鼓与呼"! 这种"鼓与呼", 出于对广大人民的关切, 饱含忧国忧民的深厚感情, 显示出共产党人崇高的品德。"意见书记"梁慧丽继承了彭老总的为民情怀和勇于承担的精神, 值得大力学习与发扬, 一切干部都应当勇于和乐于"为人民鼓与呼", 让下情能够上达。自然, "民有所呼", 上级也应"我有所应", 形成良性的循环。市、区、镇对梁慧丽的"鼓与呼", 是采取了"有所应"的态度的, 因而赢来莲花公寓居民生活的大变样。

2014.4.4

换汤 换药 换真药

四十四

旧房办公既非"作秀",
更非"落后于时代"

当今,党政机关建造豪华办公楼成风,河南省卢氏县委不为所动,坚持在1957年建成的土坯房内办公,6年前媒体就有过报道,当时曾引起争议,有人怀疑它的真实性。近日,《人民日报》记者再访卢氏县委大院,见到的仍是当年的一排排平房,只是房屋进行过整修,收拾得干干净净。县委办公室主任刘佰洋说得好:艰苦朴素不是"破破烂烂",而要"精精神神"。

对此,卢氏县委旧房办公的事实再不容怀疑了。但是,有人称之为"作秀"。作秀,是一种表演,装模作样地做表面文章,用以骗取别人的信任和赞美。由于其虚假性,可以呈现于一时,而难于长期坚持。有句名言:一个人做点好事并不难,难的是一辈子做好事。同样,一个人"作秀"一时并不难,而要长期"作秀"则很难。没有"先天下之忧而忧,后天下之乐而乐"的精神支持,"县太爷"能多年安贫乐道,宵衣旰食地在土坯房内办公吗?只要动用一下手中的权力,造一座县委办公大楼,还不是"小菜一碟"。然而,他们信奉的是"有钱要先用在老百姓身上",这不是"作秀",而是一种可贵的公仆意识的展现。

也有人称县委土房办公是"落后于时代"。官员确实要紧跟时代的发展,不能抱残守缺"落后于时代",在工作中要勇于改革创新,做时代的尖兵。不过,时代的发展并不意味着将优秀的传统一股脑儿丢掉。为民服务的精神, 艰苦奋斗的精神, 先人后己的精神, 支撑着中华民族生生不息地向前发展, 更是我们党立党为公的精神基石, 不仅不会过时, 而且要不断发扬广大, 引领现代商品社会健康向前。如今出现的奢侈浪费和贪污腐化等消极现象, 就是丢掉这些精神的恶果。卢氏县委长年旧房办公, 闪现的是应当万年长青的高尚精神情怀, 是一点也不"落后于时代"的。

2013.8.29

四十五

"素面"两会简约不简缺

包括上海在内的各省市两会正在次第召开，较之以往，今年的两会"素面瘦身"，没有花团锦簇，没有彩旗飘飘，没有大型横幅，没有山吃海喝，没有警车开道，没有纪念礼品。会期缩短，文件精简，接待简化，工作人员减少。一股清新的简约之风扑面而来。

会风简约，节俭而又简朴，却并不意味着疏略草率，简单缺失。相反，"素面瘦身"，告别奢侈浪费，告别形式主义，不再烦民扰民，接上民间地气，正可以集中代表委员们的精力，认真履行参政议政、建言献策的神圣职责。今年两会，从政府、政协的工作报告到代表委员们的发言，空话、套话、大话、假话、废话少了，讲短话、说实话与议实事、求实效的现象多了，"水货"少了，"干货"多了，显示了两会在减去表面浮华的同时，内在质量是有力地提高了。

尽管代表委员们的每次发言往往只有几分钟、十几分钟，但努力言之有物，多具短、实、新的特点，少而精，短而实，简而厚，就比那些只有花架子的长而空的发言"给力"多了。简约之风带来了纯朴与简厚，使"素面瘦身"的两会焕发出明亮的光彩。

"素面"，去掉了污浊的油彩，显出自然的美容。"瘦身"，去掉多余的赘肉，身体则瘦劲有力。李白有诗赞扬"素面倚栏钩，娇声出外头"。陆游则有诗称"瘦健有神彩"。对两会来说,"素面瘦身"显示着理念精神的一种升华。老子名言:"见素抱朴,少私寡欲。"他是把追求质朴纯厚与"少私寡欲"连在一起的。两会走向"素面瘦身",掀起简约之风,正是扬弃"私欲",高扬"执政为民"信念的体现。

2013.1.29

换汤 换药 换真药

四十六
让新风持久的信阳"秘诀"

今年全国与各地的两会,新风扑面喜人,人们在赞扬之余又担心会不会是"一阵风",风头过后,又是"涛声依旧"。

这种担忧不是没有根据的。这些年来,为规范公职人员的行为作风,反对奢侈浪费,倡导清廉自守,中央不知下发过多少文件通知,虽然每次也出现一些成效,但往往难以坚持,过后不久,又死灰复燃。

不过,也并非处处都是"一阵风""走过场"。在全国两会上,河南团谈到该省信阳市实施"禁酒令"已经6年多,至今一直坚持不辍。熊维政代表说,"禁酒令"发布之前,信阳的酒风在河南是闻名的。"禁酒令"实施后,信阳禁酒成效和干部作风改变也是河南闻名的。陈世强委员说,在信阳工作日午间不喝酒,经历了三个阶段:由开始有纪律严查"不敢喝",到下午要上班"不愿喝",再到形成自主习惯"不想喝",包括在节假日午间也不想喝了,已经步入良性循环。

信阳这一改变作风的"禁酒令"是怎样坚持下来的?信阳市市长乔新江代表说出的三条"秘诀",可视为防止和克服在转变作风上的"一阵风"的法宝。

一是有机制保证,有制度、有督导、有追责、有曝光。这就是说,在作风上提倡什么,反对什么,禁止什么,都有明确的制度约束,并且不断地进行检查问责，形成实实在在的约束和威慑力量。有关的规定与文件，不再是纸面文章，而是化为指导干部行为的指南针和紧箍咒。

二是规定严格细致，领导带头，不留口子、不搞下不为例。严格细致，不再有"轻车简从"一类伸缩性很大的话，才能使规定得到切实遵行。领导带头，以身作则，是榜样的力量。这次"八项规定"之所以能在全国得到有效执行，正在于中央带了好头。不留口子、不搞下不为例，就堵塞了一切违反规定的口子，保障新风不受干扰地吹开来。

三是制度人性化，将禁令限制在工作日午间、公务人员和本市范围。就是说，规定禁止的范围，并不影响人的合理需求，便于对象接受。有些地方的禁酒令，不分公款私款和白天晚上，"打击面过宽"，反而难以切实推行。最近中央军委下达的"禁酒令"，也只限于公务接待。禁止应当禁止的而不禁止合理的存在，不做过犹不及的事，方能让形成的新风持久吹拂。

如何让"八项规定"带来的新风不是"一阵风"，能够长拂神州大地，河南信阳市禁酒的三条"秘诀"，具有普泛的借鉴意义。

2013.3.8

换汤 换药 换真药

四十七
"名人"故里开发成"烂尾",谁之过？

据报道，耗资巨大的河南汝南"梁祝故里"如今一片荒凉，折腾了两年的山西娄烦的"孙大圣故里"，现在也只建成一座接待中心。一些名人故里的开发，呈现虎头"烂尾"之态。

我国当代建筑短命现象严重，新建筑平均寿命只有25—30年，可谓"三十而夭"，比起过去建筑历百年而不倒的情况，实在是不该这样短命的。而这当中，在权力支配下任意建了拆、拆了建的公共场馆，以及质量不过关的桥梁等建筑物，寿命就更短。最新事例，建成通车不到一年的哈尔滨阳明滩大桥引桥于今（24日）晨垮塌，导致3死5伤。

建筑物本应"百年大计"，如今却频频短命而亡，浪费了大量人力物力财力，并会引发重大人身事故，是社会发展之痛。而耗费巨资搞的一些"名人"故居，在折腾一番以后，竟成了"烂尾工程"，胎死腹中。这就是说，这样的景区建筑根本还未出生，也许永远也出生不了，却也肆意糟蹋了社会的大量财富。

这是谁之过？

有关地方政府辩解说，这些"名人"故居的开发，是投资人投的资，政府并没有给予资金支持。这也可能是事实，但政府并不能摆脱干系。

首先，项目的立项是要政府统一规划的。真正的名人故里，拥有特定的文化内涵，通过必要的开发来促进当地经济社会的发展，并没有什么错。但它必须是真正的名人故里，并进行科学的立项、招商和开发、建设。孙大圣这类由小说创造出来的人物，只是虚构的"名人"，他们根本没有什么"故里"，硬是把他们争为自己地方的人物，也只能按想象凭空建造一些人造景观，是不会有任何历史文化价值的，根本起不了真正的名人故里对当地经济社会发展的文化支撑作用。这样的所谓"名人"故里，一开始也许还能一时引起一些游客的兴趣，但噱头的泡沫很快就为人们所唾弃，这些所谓"名人"故里的开发，必然难于走下去，形成"烂尾工程"。而之所以能让这样劳民伤财的项目立项，源于政府急于求成的政绩观和开发观。

其次，项目即使没有财政资金支持，但是，政府在土地、物资、税收乃至政策上，一定会给予各种优惠。"名人"故里不同于名人故居，其规模一般都是很大的，像"孙大圣故里风景区"，除规划修复原有的水帘洞、悟空出世石、猴王庙、老君庙和清凉寺等老建筑，还要新建南天门、御马监、玉皇庙与龙和晚照等景观。这样的大手笔，没有当地政府的支持，光靠商人的资金是运作不起来的。如今耗费了大量人力物力财力的工程却成了"烂尾工程"，它"烂"掉的不仅是投资方的资金，更多的是由政府之手投入的大量社会公共财富。

据此，我以为，面对这类"名人"故里工程变成"烂尾工程"，尽管是投资人投资的，当地政府对其"烂"不能辞其咎，而应深刻检讨自身的政绩观、开发观，从中吸取教训，上级部门则应就此事问责。

2012.8.24

四十八
让法律进一步进入家庭

今天(3月1日)起有一部重要法律开始施行,这就是《中华人民共和国反家庭暴力法》。此法表明:家庭暴力,是指家庭成员之间以殴打、捆绑、残害、限制人身自由以及经常性谩骂、恐吓等方式实施的身体、精神等侵害行为。国家禁止任何形式的家庭暴力。反家庭暴力是国家、社会和每个家庭的共同责任。

家庭暴力的主要受害人群是妇女、儿童,《反家庭暴力法》体现出对弱势群体权益的保护。家庭是社会的细胞,家庭暴力是导致家庭破裂、社会不稳定的重要原因,《反家庭暴力法》有助于家庭稳定、社会和谐。反家庭暴力有关的内容,在我国已有的法律中虽有体现,但不集中,且多数属于原则性、精神性规定,可操作性不强,《反家庭暴力法》的制定与施行,构建了有关家庭暴力的专门法律体系,是预防和惩治"家暴"有力的法律之剑。

由于社会上存在着"打老婆天经地义""揍孩子是大人权利"等错误观念,在家庭里施暴往往不以为非,反而理直气壮,以致一些家暴肆无忌惮,常年进行。刚刚在电视里看到一则报道,说一位妇女结婚多年来,一直受到丈夫打骂,身体上的创伤旧的未消,新的又增,去年在亲戚的一次喜宴上,丈夫嫌她没有及时为他送烟,当即拳打脚踢致她重伤。她忍无可忍,觉得灾难没有尽头,当晚乘丈夫睡熟时用榔头将他敲死。她随后被捕,入狱后反而有解脱之感。知道她丈夫施暴情况的邻居，包括丈夫的姐妹，都同情这位妇女，联名写信给法院，恳求对她从轻判决。这说明家暴对受害人来说，有着难于解脱的特点，再加上外人也难以介入，除了施暴者死亡，或自身自尽，几乎无法"解脱"。为了用法律保护受害人，并防止不当的防卫，亟需《反家庭暴力法》走进家庭。

也由于存在"家丑不可外扬"的陈旧观念，家暴的受害人往往不愿对外讲，因而家暴的实际情况，远较人们一般的估计要多得多。据统计，全国2.7亿个家庭中，遭受过家庭暴力的妇女高达30%，其中九成施暴者是男性。家庭暴力在许多国家同样存在。据世界银行调查统计，20世纪全世界有25%—50%的妇女都曾受到过与其关系密切者的身体虐待。因而，英国、新加坡、新西兰等国先后都对家暴作了专门立法。有了法律撑腰，家暴受害人当应摆脱传统世俗观念，不再忍气吞声，运用法律武器维护自身权利。

自然，反家暴，更需要有关部门认真依法履行自己的责任，要积极介入，不可消极回避，不可采取不告不理的态度。《反家庭暴力法》规定各地可单独或者依托救助管理机构设立临时庇护场所，为家庭暴力受害人提供临时生活帮助。当事人因遭受家庭暴力或面临暴力的现实危险，可向人民法院申请人身安全保险，人民法院应当受理。这些举措都有利于受害人勇敢地站起来与家暴作斗争。家庭是社会的细胞，家庭成员的合法权益必须得到有效的保护，家庭不是法外之地，在以德治家的同时，也需要依法治家，在贯彻执行《反家庭暴力法》中，让法律进一步进入家庭。

2016.3.1

换汤 换药 换真药

四十九

想起王愿坚小说《党费》

近日，两起数额巨大的补交党费报道，引发社会关注。其中一起是在山西省省监管企业党费收缴自查自纠工作中，22家国企共补交党费8000多万元。另一起是天津在市管国有企业党员干部交纳党费专项整改工作中，66家国有企业、12万余名党员干部，共补欠交少交党费2.77亿元。少交党费的党员很多为国企中高层以上领导，有的欠交党费情况可以追溯到2008年。中共中央党校教授张希贤表示，除了山西和天津，少交党费的问题在全国范围内也存在。

交纳党费是党员必须履行的义务。中国共产党章程规定，党员如果没有正当理由，连续6个月不交纳党费，就被认为是自行脱党。支部大会应当决定把这样的党员除名，并报上级党组织批准。中组部1998年编印的《党员管理手册》第159条还明确规定，党员交纳党费的基本要求是自觉、按时、足额。如今山西、天津国企中少交党费数额之大、时间之长、涉及党员数量之多，令人惊叹，与"自觉、按时、足额"的要求相距何啻万里。

是不是"自觉、按时、足额"交纳党费，并非只是钱的问题，而是关系着对党的态度与感情。《闪闪的红星》作者王愿坚写过一篇题为《党费》的短篇小说，说当年苏区八角坳的一位名叫黄新的女党员，在丈夫随着中央红军北上抗日后，她带着幼女小妞儿在当地坚持地下斗争，先后两次与上级派来的联络员接头,在领受任务后都主动交了党费。第一次是丈夫留下的一块银元,第二次则是一坛咸菜,因为当时山上部队极度缺盐少菜,八角坳也少盐缺菜,黄新想尽办法才泡制了这一坛咸菜,小妞儿曾伸手想吃一点,她也没有允许。为掩护联络员撤离,她被白狗子抓捕。联络员含着热泪,用一根扁担一头用箩筐挑着小妞儿,一头用箩筐挑着一坛咸菜回到部队。部队政委在党费登记本上端端正正写下:黄新同志1934年11月22日缴到的党费……这篇小说感动过很多读者,透过一坛咸菜的党费,展现的是一个共产党员的爱党之心与献身精神。今天那些拿着高薪却不愿按时足额交纳党费的党员干部,在这面镜子面前,当可看出自己缺的是什么。

在现实生活中,基于爱党爱人民的理念,许多共产党员不仅按规定交纳党费,而且还会多交。朱德元帅逝世前,关照家人说:"我只有2万元存款,这笔钱不要动用,不要分给孩子们,要把它交给组织,做我的党费。"家人遵嘱这样办了。2008年5月12日汶川特大地震后,在短短两个月时间里,有4500多万名共产党员交纳了"特殊党费"97.3亿元,这些资金全部落实到了最直接、最紧迫、事关灾区民生的工程项目上,温暖着灾区群众的心。这也是镜子,折射的是共产党员高贵的党性。

自觉交纳党费虽是对共产党员的底线要求,党费却承载着党员对党的忠诚。查处少交不交党费的问题,不能限于补交了事,而是要由此加强党性教育,成为正在开展"两学一做"学习教育活动的一项内容,以此解决一些党员党的意识淡化问题,让"坏事变好事"。

2016.5.17

换汤 换药 换真药

五十
"亲吻老板"规定的荒唐与不齿

近日传出这样一条消息：北京的一家销售公司规定，每天早晨，女员工必须排队依次亲吻老板。竟会有这样奇葩的规定，始初我半信半疑，随后看到照片，也不能不感叹这一行径的荒唐与不齿了。

据说，这家公司的老板经常到国外出差，有一次，他在美国看到有家公司每天早晨进行接吻礼，以此增强公司的向心力和凝聚力，因而引进过来，弘扬企业文化，促使员工心往一处想，劲往一处使。对此，有人说外国的接吻礼不适合中国，这自然是对的。不过我要指出，相互亲吻在外国主要也只限于恋人与亲人之间，朋友同事间的亲密拥抱也只是碰碰面颊，不会口对口。就是男性与女性的握手，国外也讲究时间与力度，不宜握得过紧，时间太久。这个老板是打着学习洋人的旗号以售其奸，这是首先需要戳穿的。

其次，强制女职工亲吻老板，不仅是违反公序良俗，有违公德，而且涉嫌性骚扰，情况严重的，也可能涉嫌强制侮辱妇女罪。因此，对这一不良规定，在进行道德谴责的同时，也需要从法律上加以审视处置。清除这类不齿与无耻行径，需要请出道德与法律两座尊神，让以德治国与依法治国紧密结合起来。

再次，要戳穿所谓"弘扬企业文化"的旗号。企业自然要弘扬文化，但文化有先进与落后、高尚与低俗之分，需要弘扬的文化是前者，而不是后者。而且，弘扬先进文化的过程，也正是扬弃落后文化的过程。要让"员工心往一处想，劲往一处使"，正是要清除亲吻老板这类侮辱性的规定，充分尊重关爱职工。罗兰夫人在法国大革命中多有贡献，最后却被反对派以自由的名义处死，罗兰夫人临刑时说："自由呵，多少罪恶假汝之名以行。"同理，我们要警惕像"亲吻老板"这样假文化名义的反文化者。

2016.10.13

·········· 换汤 换药 换真药

五十一
向"嗟来之食"摇头

近日,南京理工大学教育基金会正式启动了"暖心饭卡"项目,给特困生的伙食补贴通过"直接打入饭卡"的方式进行。其具体做法是,先通过校园一卡通大数据比对分析,每个月在该校食堂吃饭超过60顿、一个月总消费不足420元的学生,被列为准资助对象。然后再通过各院系辅导员审慎的人工审核进行名额增减以确定资助名单,确保不会"混"入非贫困生。这一"偷偷"给贫困生充饭卡的"暖心善举",维护了受助学生的尊严,给贫困学生带来温暖。

应当说,如今关爱贫困生已逐渐成为一种风尚,政府与社会各界都在这方面做了不少工作。"不让一名学子因贫困而辍学",已经不再只是一句口号,众多贫困生沐浴着爱的阳光圆了高校梦。然而,在一些助学活动中,热衷于大轰大闹的形式,在认定贫困生时,不仅要求学生递交贫困证明,还要求申请的学生在全班同学面前"晒贫困"与"比穷",这样的举措也许是想发挥同学相互监督的作用,殊不知却伤害了贫困生的尊严与需要保护的隐私,伤了他们的心。南京理工大学运用"大数据分析+人工审核"双保险举措助力"精准扶贫",同时,"默默无闻"地予以补助,这种"润物细无声"的做法,在实施关爱的同时有效保护了贫困生的尊严与隐私。我读这则报道时,与受助的贫困学生一样,心里充满着暖意。

不过, 对这种做法也有不同看法。新华社有关稿件的标题就是 "南京理工大学 '暖心饭卡' 项目的是与非"。所谓的 "非", 主要是有人认为它有违公开、公正。"暖心饭卡" 项目, 虽然是 "默默给予" 和 "悄悄接受", 但只是为了保护贫困生的尊严与隐私, 确定资助对象不仅要运用大数据, 而且要经院系辅导员审核, 项目本身并不是 "暗箱操作"。同时这样做, 较之一般的 "诉穷" "晒惨", 还更利于正确确定资助对象, 做到 "精准扶贫"。因此, 不能说它违反了公开公正原则。自然, 这方面也存在被人 "刷数据"、钻空子的可能, 需要进一步把制度制定得更周密、更完善一些, 防止爱心资助款跑、冒、滴、漏, 保证公平公正, 切实做到精准识别、精准帮扶、精准管理。

　　以润物无声的态度从事慈善爱心事业, 关注受助者的尊严与感受, 是一切慈善工作者都必须努力做到的。有些向贫困地区捐款捐物的人士, 常常喜欢要受捐人拿着他们所捐的钱物, 在电视镜头前向他们表示感谢。这是利用慈善作秀, 有损受助者尊严, 是不可取的。有位大陆企业家曾到台湾为低收入户及弱势族群发红包, 要贫困户排队上台领取, 并鞠躬感谢, 遭到一些台湾人的反对, 称这样做是对受赠人的不尊重, 希望善款由台湾的民间组织代为发放, 保护受赠人的尊严。他们说: "如果以丧失受赠人的尊严来获得自己的某种满足, 这是一种慈善的暴力行为。" 我想, "暖心饭卡" 的值得肯定, 正在于它没有 "暴力", 只有温情暖意。

　　人们都知道 "不食嗟来之食" 这句话, 那个饿者求食, 是 "蒙袂辑屦" 向施食者黔敖走来的, 这就是说, 他是用衣袖遮着脸来求食的, 也就是说, 他是不希望别人张扬的, 而黔敖却傲慢地大声说: "嗟! 来食!" 那位有尊严的饿者, 容不得这样的侮辱, 宁可饿死也 "不食嗟来之食"!《礼记》中留下的

　　　　　　　　　　　　　　　换汤 换药 换真药

这一故事，表明我们要认真尊重人的尊严，哪怕你是施恩人，也不能不顾及受助人的尊严与感受。南理大"暖心饭卡"就"暖"在这里。

2016.4.6

跋

2012年初，收入我主要作品的《江曾培文集》(7卷)付梓，此时我虚年八十，迈入耄耋之门，本想在文集出版后就"搁笔"，优哉游哉，安度晚年。可是，笔却搁不下来，不写作不仅没有使我优哉游哉，反而催生了空虚感，让我内心失去了安宁。我悟到，限于体力、精力的衰退，可以少写一点，但不能不写。饱食终日，无所用心，是我不习惯的。即使退休了，也不宜过于闲懒，而是要"闲里找忙"，做一些自己喜欢做的事，让老年生活过得充实而有意义。基于我长期在写作中形成的思索已形成习惯，写作可说已成为我生命存在的一种形式。为了精神有所寄托，也为了防止老年痴呆症，我没有放下手中的笔。

哲学上有"我在故我思"和"我思故我在"之争。在我看来，二者是辩证关系。自然是"我在"才会有"我思"，但是，也正是"我思"，才有力地表示着"我在"。就耄耋的我来说，倘若不"思"，也就不"在"了。

近四年多来，我除应中国出版协会之约，为"中国出版界社长总编辑回忆录丛书"写了一本《半生出版岁月》外，还写了五百多篇杂文时评，发表在《东方网·评论》与上海、北京、天津、江西等地的报刊上。现从中选了四百多篇集成一书，书名借鉴时下流行语"80后"为"八十后杂弹"，不过它异于"80后"的，不是作者为1980年代后出生，而是说文章是作者八十岁后写的。每篇文章注明日期，多数为发表日期，少数为写作日期。

《八十后杂弹》分三集，第一集"钱不该买什么"，内容主要涉及世态人情；第二集"龙种和跳蚤"，内容主要涉及官场政坛；第三集"舌尖与脑尖"内容主要涉及文坛商海。这些文章都是"合为时而著"，具有较强的现实性、针对性；同时也力求"言而有文"，像前辈杂文时评家林放教导我的，要避免"言论老生"式的干瘪说教。但限于水平，虽心向往之而实难至。

感谢上海文化发展基金会的资助，感谢上海文化出版社、上海故事会文化传媒有限公司承接此书的出版。感谢故事会总编夏一鸣同志的大力支持，以及责任编辑詹明瑜、蔡美凤等同志为编辑出版此书付出的辛劳和智慧。

2016.11.30

图书在版编目(CIP)数据

龙种和跳蚤 / 江曾培著. —— 上海：上海文化出版社，2017.7
（八十后杂弹）
ISBN 978-7-5535-0726-2

Ⅰ. ①龙… Ⅱ. ①江… Ⅲ. ①杂文集-中国-当代
Ⅳ. ①I267.1

中国版本图书馆CIP数据核字(2017)第091148号

责任编辑　詹明瑜　蔡美凤
整体设计　周艳梅
图文制作　华　婵
督　　印　张　凯

龙种和跳蚤（八十后杂弹之二）

江曾培　著

出　　版　上海文化出版社
出　　品　上海故事会文化传媒有限公司
　　　　　（ 200020 上海市绍兴路74号　www.storychina.cn ）
发　　行　世纪出版股份有限公司发行中心
印　　刷　上海昌鑫龙印务有限公司
开　　本　889×1194　1/32
印　　张　8.75
版　　次　2017年7月第1版
印　　次　2017年7月第1次印刷
I S B N　978-7-5535-0726-2/I·221
定　　价　32.00元

 **上海故事会文化传媒有限公司 出品(00653)www.storychina.cn**

上海故事会文化传媒有限公司所有图书可办理邮购,免收邮费(挂号除外)
汇款地址:上海市南绍兴路74号(200020)；　收款人:上海故事会文化传媒有限公司
联系电话:021-64338113
如发现本书有质量问题,请与印刷厂质量科联系　T:021-52830308-802